異世界
3
萬事通「自由人生」
竟改為了週休二日制！
即使如此，圍繞在店舖周遭的
熱鬧趣事仍延續不斷——

主要 登場人物介紹

佐山貴大

「自由人生」的店主。打算懶散度日，卻被捲入各種騷動中……？

優米爾

與貴大同居的萬能女僕。
特技是「處罰」。

薰

「滿腹亭」的看板娘。
在意著貴大。

法蘭莎▶

就讀名門王立學園的貴族女孩。
稱呼貴大為老師，景仰著他。

◀艾露緹

公會長的女兒。
尋找著貴大的「祕密」，不過……？

莎莉耶▶

圖書館管理員實習生女孩。
任職於王立圖書館。

◀埃爾

被稱為圖書館魔女，受外界恐懼的天才學者。
瘋狂著迷於貴大持有的@wiki。

「我們正在執行任務，
別搞錯了優先事項。」

在神秘的迷宮中深陷危機！
「唔！
……說得沒錯，抱歉。」

「汪嗚～……汪！汪汪！」
「老師～？我來邀請您喝茶了喔～」
△克露米亞
△法蘭莎

媚藥♥騷動
「我帶冒險者三明治來嘍～！」
「貴大～？
貴大，你在家對吧～？」
▲艾露緹
△薰

目錄啊！

自由人生 3

異世界萬事通奮鬥記

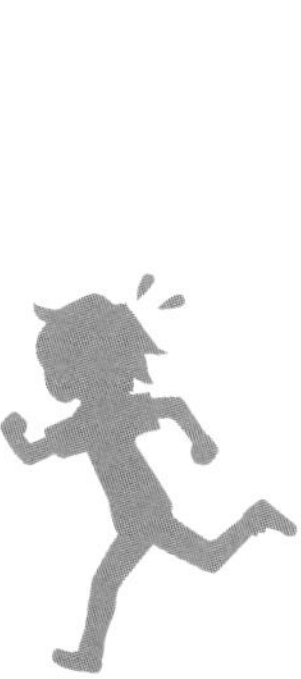

気がつけば毛玉

插畫：かにビーム

Kadokawa Fantastic Novels

序章

所謂新的一年，通常都會帶來某些變化。

家庭、職場、人際關係，或是在曆法與年歲上彰顯出確切的差異。

此處，萬事通「自由人生」也同樣。這家店也將迎接一項重大變革，為此，店主貴大無法掩飾他的動搖。

「真、真的可以嗎？」

「……是的。」

「真的真的可以對吧？」

「……是。」

「真的真的真的！」

「……您很纏人耶。」

「抱、抱歉。」

貴大不斷重複確認，太纏人的緣故被優米爾斥責了。

可他仍然難以相信這就是現實，再度開口。

「我說，真的可以嗎？」

「……是的。」

「真的可以改成週休二日制嗎！」

他一副拚死拚活的模樣。

那是因為這個名叫佐山貴大的男人，出生以來就是個極度怕麻煩的傢伙。

做什麼都嫌麻煩，工作什麼的更是敬謝不敏，即使現在都二十歲了仍會耍賴。

對主人目不忍睹的優米爾會打貴大的屁股，時而抽出皮鞭，鞭策他去工作，然而——

（那個優米爾，竟然決定要增加休假？）

這件事根本愕然到難以置信。

「……為什麼要這麼懷疑呢？」

「不，畢竟，妳，那個……對吧？」

回顧至今為止的種種，貴大講出言外之意。

優米爾察覺他的意思，深思片刻後，再度抬頭對主人說道：

「……讓主人過度勞動，逼迫您到危害您身心的地步，我已經充分在反省這些事了。」

「優米。」

「……因此，遵循您從以前就提出的需求，我增加了休假。加上安息日，今後連星期六也一起休息吧。」

「優米！」

「……必須讓主人充分休息，養精蓄銳才行。」

「優米——！」

直到此刻終於充分理解詳情，貴大發出歡聲抱住優米爾。

接著盡情摸摸她嬌小的頭，眼角浮出眼淚。

「終於，妳終於明白了啊！嗯嗯，週休二日制果然比較好！週休一日什麼的根本太離譜啦！」

「……是嗎？」

「大家都工作太久啦。我們店裡也是一樣。」

「……或許是呢。」

「就是這樣，是這樣沒錯！凡事都得適當適中才行，週休一日對我而言太煎熬了。」

「……好的。」

「哎呀～妳能明白這點真是令人開心。從今年開始改為週休二日，沒有比這更值得高興的消息了。」

「…………」

「不對，等等喔！如果改成週休三日的話，應該會更更更好吧？」

「……主人？」

「咿！」

看來他有點得意忘形了。

優米爾手持的銳利小刀發出鋒芒，貴大一轉念，閉上嘴。

「……週休三日的話，將無法面對世人們的眼光。因此休息兩天，剩下的日子好好工作吧？」

「遵命。」

如此一來還真搞不懂究竟誰才是店主。

然而，能夠不可思議達成平衡的兩人，就此決定了新的規則。

「等等，但是說星期六休假，不就是明天了嗎？」

將對話告一段落的貴大，望向月曆一面喃喃自語。

沒錯，今天是星期五，明天則是剛剛提到的星期六。休假來得未免太過急湊，根本來不及決定行程。

「妳想要做什麼？」

「……還沒有特別想好。」

「畢竟才剛決定好就遇上休假了嘛。」

還真是毫無緊張感的對話。

儘管如此仍是難得的休假。新的一年，新的公休日，想盡可能有意義地度過。貴大如此心想，雙手交抱思忖片刻——

「那麼，我們兩個偶爾去外面逛逛吧。」

「……好的。」

聽聞提案，優米爾乖巧地點點頭。

第一章 激鬥！攤販街篇

—1—

「妳意外是個肉食系啊。」

「……嚼嚼嚼。」

某個星期六午後，貴大與優米爾來到了路邊攤販街。

此街道的道路上遍布了路邊攤販。大道路以及小巷的巷口到巷尾都連結著攤販，孕育出一股異樣的光景。

該說如此混亂的景色正是下級區的風格，或說是格外乾淨美麗的風情反而不適合下級區呢？無論如何，這裡是王都中特別的場所，他們打算一面在這裡散步，順便解決午餐。

結果而言計畫很順利，兩人盡情享受邊走邊吃的樂趣，只是——

「妳也吃一些肉類料理以外的食物啦。」

「……不用，肉還有剩下。」

「妳看，這個烤玉米很好吃喔！」

「……肉也很好吃。」

坐在攤販準備的椅子上，優米爾一個勁兒地啃咬燒烤羊肉串。

這名彷彿只會食用花蜜的楚楚可憐少女，看來其實非常喜歡肉類。每當經過肉類燒烤的攤販，她就會搖搖晃晃地被香味吸引走——接著忍不住掏出錢包，點一份來吃。

優米爾對其他東西不屑一顧，默默吃著肉。

這模樣讓貴大嘆口氣，他啃上握在手裡的玉米。

「明明很好吃啊。」

喀喀地大口啃咬，貴大享受玉米甘甜的汁液與口感。這段期間，優米爾看也不看放置在桌上的其他料理，一味品嚐肉串。

（也對，畢竟很美味嘛。）

只撒上岩鹽的單純調味，對乘著脂肪的肉類而言再合適不過了。

貴大也很喜歡，屢次買來吃的肉串，正是路邊攤販街裡大受歡迎的逸品。

因此也無妨，他決定吃掉自己貼心買來的可麗餅，悠哉等待對肉類深深著迷的優米爾。

「好啦～還想拿點別的東西吃嗎？還是說去市場買些晚餐的材料？」

「……依照您所好。」

一段時間後兩人結束用餐，不打算久留此地，從座位站起。

這裡並不是中級區的咖啡店。磨磨蹭蹭地留在座位上的客人會被厭惡，最壞的情況，還會被怒吼一頓趕出去。

如果想閒聊，一邊走路一邊對談才是路邊攤販街的做法。

遵循此規則，也為了讓位給其他客人，兩人迅速離開了攤販。

「感覺好像還可以吃，又好像吃不下了。」

「……香腸的話，還吃得下。」

「又是肉啊。」

貴大與優米爾聊著諸如此類的話題，在路上閒晃。

這一帶依然充滿活力，飄散出美味的香氣。

因此繼續邊買邊吃也不錯，去看些飾品之類的雜貨也很好。

他們本來就沒什麼要緊事要做。可以自由做任何事，也沒必要拘泥在此地。不過，攤販街道也是個漫步的好地方。嘈雜卻充滿活力，也有販賣新奇物品與季節性商品的店家——

「該怎麼辦才好啊？」

「……該怎麼辦呢？」

像這樣漫無目的地散步也不錯。

悠悠哉哉地行走在充斥著適度喧鬧的街道上。

兩人絕對不會厭惡這種使用時間的方式。

「很便宜喔、很便宜喔！」

「本店自豪的特產料理！只有這裡才吃得到喔！」

耳邊傳來氣勢十足的拉客聲。搔弄鼻腔的烤肉香味。時而交錯其中的，則是露天攤販販售的果實成熟氣息。

這種氣氛，唯有來到街坊才有辦法體會。

在家安安靜靜地度過休假也很好，然而也有前往外頭才能感受的事物。

況且，來到街坊也能與他人相遇。

這個城鎮的人們，無論好壞，存在著許多「想照顧他們」的人。「布萊特孤兒院」的孩子們和平民街的人們，認識的多數人當中，都無法放下貴大他們不管。兩人過於寧靜的生活，是街坊居民為他們增添了熱鬧的色彩。

「啊，貴大、小優米。」

瞧，這裡就有一個。

直爽地向貴大他們搭話的人——

「咦，這不是薰嘛。」

看來漫無目的散步的途中，不知不覺走到了路邊攤販街的尾端。

人煙稀少的巷弄一隅，一間小小的路邊攤和少女一同佇立在那兒。

「妳在這裡做什麼？」

「啊哈哈……有點事情。」

露出生硬微笑的她，手邊擺放著幾個飯糰。

應該是在販售那些飯糰吧。即使風格保守，仍呈現店舖的形式，攤販內部也有安置營業額的手提金庫。

周遭卻不見客人的蹤影，也看不出來生意興隆。

除此之外，貴大更在意的是——

「等等。我說，『滿腹亭』怎麼了？今天你們沒休假吧。」

和改為週休二日制的「自由人生」不同，星期六也營業的一般店家占多數。

薰的家——大眾食堂「滿腹亭」也是如此。白天夜晚均有營業，供應勞動者們便宜又美味的餐點。多虧這點，「滿腹亭」生意興隆，但同樣也因此經常人手不足。食堂的看板娘應該沒有在這裡玩樂的餘力才對。

「嗯……那個，解釋起來的話會花很多時間。」

貴大詢問後，薰難以啟齒地開口解釋。

她所訴說的實情——是相當迫切的問題。

—2—

「吉帕尼亞村賺外快會？」

「沒錯。你也知道吧，因為吉帕尼亞村除了白米以外什～麼也沒有。」

在路邊攤販街遇見的薰，她所訴說的是以下內容。

薰的出生地吉帕尼亞村。

那裡是水量豐沛的農村，培育著東方的稻米作為當地特產。

以擔任村長的薰的祖父為中心，開朗樂觀的村人們每日都精神充沛地勤勞於稻田工作。

託他們的福，收穫量上漲，開墾與建造水渠的工事也進展順利，但是——

「稻米在更南方才是主要盛產地，所以我們沒辦法賣太高價。」

「南方？喔喔，妳說羅馬利奧啊。那裡好像是一大產地。」

「沒錯沒錯，就是這樣。而且，東方的稻米和大陸的稻米品種不同對吧？雖然在寒冷的地方也可以栽種，但是黏稠性比較強，氣味也有點不一樣。」

「啊～……」

似乎有耳聞過。

在貴大原生的世界裡，稻米也有各式各樣的品種。

在日本能吃到的品種。米粒較長、吃起來乾爽滑溜的品種。顆粒偏大、適合製作燉飯或鍋飯的品種。其他還有各種細節區分，總之稻米看似相同，實則有異。這點貴大也明白。

薰正是在說明這件事。她的村落所培育的稻米儘管稀奇珍貴，但終究非主流品種。

「在羅馬利奧舉辦的品評會成果也一團糟，因此也只能外出賺錢了。」

「這就是妳剛才提到的？」

「沒錯，吉帕尼亞村賺外快會。村裡雖然有很多稻米，但光是這樣無法生活，因此男人們必須前往各個城鎮，賺取過冬用的錢財……」

「多麼辛酸啊……！」

貴大忍不住要流下眼淚。

秉持好意行事卻招致了反效果，總覺得是令他感同身受的話題。

嘗試培育稀有的東方稻米，卻因為太過稀奇而不被人接受。味覺是保守的存在，諸如此類的情況或許並不少見。

但是，但是，這未免也太殘酷——

「然後，那個賺外快會，當然也來到這個城鎮來了。」

「啊，喔喔。」

沒錯，貴大並不是在詢問村裡的事情。

話題主旨終究是薰本身的狀況，以及與她有關的賺外快會。

「那個賺外快會怎麼了？是支撐村裡運作的人們在執行的對吧？為什麼會和路邊攤有關？」

貴大再次正視薰，只是他歪歪頭。

假如剛才所說的話是真的，賺外快會的成員應該不是壞人才對——

「你聽我說喔。託貴大的福，我們店裡生意很興隆對吧？」

「嗯，好像是。」

「最近甚至開始有人排隊，也有從其他地區來的客人對吧？」

「是啊。」

「賺外快會的人們看見這情況以後，就說：『喔喔！真是大受歡迎哩！這樣就可以開二號店了哩。』」

「是喔……嗯？」

總覺得話題好像跳太快了。

（不、不對，挺正確的……是嗎？）

因為店鋪生意興隆所以推出二號店。

這絕非奇怪的決策。並不奇怪，但總覺得有哪裡錯得離譜。

「等等，那為什麼是路邊攤？」

「唔。」

「如果說大眾食堂成功了，一般而言，二號店應該也是大眾食堂才對吧。」

「那、那是因為……」

此時，薰又難以啟齒地閉上嘴。

看來她不想開口，但是，說出來似乎比較好——

她顯露出複雜的神情，不久後終於下定決心開口。

「呃，那個啊，這裡是路邊攤販街對吧？」

「啊？啊，喔，沒錯。」

「是一級戰區對吧？可是，不是有句話這麼講嗎？稱霸路邊攤販街，就是稱霸王都。」

「是有聽過啦……咦？該、該不會——」

「就是那個該不會。」

薰的表情很坦然。

她一鼓作氣把力量集中到腹部，觸碰本次的話題核心。

「賺外快會的人們知道這件事以後，就說：『這次就在攤販街開店吧！目標是征服王都！響徹吉帕尼亞的名聲吧啊啊啊啊啊！』……」

「什麼跟什麼啊啊啊啊啊！」

就因為這種理由在路邊攤販街開店啊。

如薰所說，此地為一級戰區，是攤販與攤販之間火花四射的場所。

竟然單憑心血來潮就在這種地方開店——

「他、他們是不是有點太心急啦？」

「嗯，我也這麼認為。但是你也知道，我們村裡的人們啊……總是靠興致和幹勁來行動。」

「興、興致和幹勁。」

「我的爸媽也是這樣對吧？一副有志者事竟成的精神。」

「嗚哇哇……」

貴大想起薰的雙親——曉和凱特。

他們兩人確實鬥志高昂。光靠幹勁就展開行動也是可想而知。

不過，真沒想到全部村民都是這樣——貴大作夢也沒有想到。

「說來，當初在王都開店也是靠興致和幹勁啊。爸爸和媽媽說著：『在南部不賣的話那就帶到北部吧——！』然後衝出了村子……」

「各、各種層面都太輕率了吧。」

「就是說嘛，就是說嘛。」

薰用著空虛的表情笑出聲。

對著那副虛無的表情，貴大甚至連安慰的話語都無法給予。

「總、總之我明白情況了。妳就是因為那個興致與幹勁才被迫開店的吧？」

「就是這樣沒錯。」

「但是，為什麼是妳？讓提議的人做不就好了嗎？」

「你想想嘛，不會做料理的人很多，賺外快會成員也有賺外快的工作。」

並且羅克亞德夫婦則有「滿腹亭」的工作。

大概是按照消去法而選擇薰的吧。只是，如此一來還剩下其他疑問。

那也就是——

「但是啊，妳沒有經營攤販的技術與知識吧？」

乍看之下簡單，但攤販的經營可是需要訣竅的。

光是在陳列台上擺放商品想必不會有顧客造訪。為了吸引人們的目光，商品也需要下功夫。

貴大指出這點後——

「就～是說啊～～！我明明沒有經驗，他們卻說『竟然有在開食堂，這點程度很輕鬆唄』什麼的，從準備料理到開店手續，把工作整～個塞過來我這裡！」

薰終於快要哭出來了。

恐怕她是有樣學樣地開設攤販的吧。

薰的攤販只擺放著飯糰，連張像是招牌的看板都沒有。

勉強有塊寫著價目表的木板——但別提販售商品了，甚至連捕捉人們目光都很困難。

「真、真是場災難呢。」

「根本不只是災難了啦——！又冷，又沒人經過，糟糕透頂！」

「不過應該多少賣掉一點吧？狀況怎樣？」

繼續深入話題，恐怕也只會被迫聆聽綿延不斷的抱怨。

如此判斷的貴大，自然地改變話題，詢問營業額。

不過看來他選錯了提問。薰露出比剛才更陰沉的表情，伸出手，豎起兩根手指。

「咦？什、什麼？妳在比ＹＡ嗎？」

頂著那種陰沉表情，哪可能比什麼勝利手勢。

他卻還是明知故問，是因為不想察覺辛酸的真相。

豎起的兩根手指。空著兩個飯糰空間的陳列台。由此導出的答案——

「只有兩個。」

不是二十個。也不是兩百個。

兩個。兩個而已。薰準備好的許多飯糰當中，僅僅賣出兩個。

「呃、呃呃，那個，該怎麼說呢。」

貴大吞吞吐吐。

薰將視線從他身上移開，垂下頭來，抽抽噎噎地吸吸鼻水，在椅子上縮成一團。

「果然沒辦法經營什麼攤販啦……我來到王還不到一年喔。根本是第一次正式來路邊攤販街……」

陰暗的眼眸裡浮現出淚水，薰不像是與他人攀談，而是吐露出喪氣話。

大街上明明那麼熱鬧，天空明明那麼湛藍，為什麼她得在巷弄深處裡開張一間微妙的攤販啊。光是想到這點就無比空虛，她無法忍住溢出的淚水。

「我是很感謝賺外快會的人們……」

但這件事情另當別論。

薰露出更加令人不忍直視的身影。

持續一段時間，讓人懷疑幾乎會永遠下去時——

「啊～要我幫忙嗎？」

「咦？」

「所以說，攤販，我來幫忙吧。」

看不下去的貴大向薰提出一項提案。

那就是攤販的改造計畫。協助她經營攤販，盡可能讓攤販乘上正軌。

受到提案的薰表現出怔忡的模樣，瞪大雙眼——

「……很偉大喔，主人。」

在一旁等候的女僕，則悄悄地用手帕擦拭眼角。

（哇、哇，怎、怎麼辦……？）

回過神來太陽已經快下山了，薰急忙收起攤子回到家裡。

籃子裡塞滿賣剩的商品，薰懊惱的原因卻不在此。

「哎呀，歡迎回來～攤販怎麼樣啊？」

母親向她搭話，也只是左耳進右耳出。

她把籃子咚地放到桌上，步伐不穩地回到自己房間。

「咦咦！還剩這麼多！真奇怪，美少女捏的飯糰，男人們應該不會放著不管才對啊。」

「該不會被發現其實是我捏的……？」

「什麼？間、間諜在哪裡……！」

即使關上門，仍然可以聽見樓梯下傳來雙親的聲音。

薰也充耳不聞，癱倒在床上，蓋住棉被，回想著剛才的事情。

（他說會幫助我。首先要和我一起認識環境嗎？）

說起來，貴大認為薰尚未習慣路邊攤販街的環境，先邀請她一起在那裡邊走邊吃。

明天，一起去路邊攤販街吧。店家販賣著什麼樣的商品，又是如何銷售商品的，首先先觀察這點吧——他如此說道。

（但是，這不就是……）

年輕男女，休假時在攤販街散步。

（這個，該不會……該不會就是——約會……？）

「啊～～～～！總覺得好害羞～～！」

她順勢點頭答應了，可明天他們的行程確實就是約會。

意識到這點後血液衝上腦門，薰忍不住掀開棉被。

「嗯！沒錯！我一定是聯想到約會才會變奇怪！貴大肯定沒有那個意思才對！保持平常

心、平常心。」

薰一面碎碎念，這次在房間裡來回踱步。

沒錯，一定是這樣。那頂多只是提案而已。是出自親切心的提議。當中沒有任何居心，過度解讀的她才有問題。

太過在意的話，也會帶給他麻煩才對。

明天就一如往常，保持平常的自己前往路邊攤販街吧。

（……可是——）

整理好情緒後，她接下來在意起衣服來了。

今天自己所穿的衣服，是防寒第一的土氣服裝。清一色茶色厚重衣物，搭配長年使用的深茶色老舊圍巾。毛線帽也有顯眼的綻開處，以同樣毛線織成的褲子也令她在意。

向來愛用的服飾們，今天卻總覺得哪裡奇怪。

該說是不夠洗鍊呢，還是沒有都會風情呢——

「媽媽～」

結果，薰決定向母親商量。

究竟為何會產生這種心情呢？連本人也無法清楚明白。

—3—

（好慢啊……）

時間已超過上午十一點。

已經超過約定的時間了，卻始終沒看見貴大的身影。

對方可是會睡過頭又懶散的人。

因此，薰本來心想多少遲到一下也無可奈何——

實際上遭遇對方遲到後，心情再怎樣都會感到低落。提早三十分鐘抵達的自己簡直像個笨蛋一樣。

「唉……」

（我難得還化妝了呢。）

她請母親協助，試著選了件適合冬天的可愛服裝。

紅色上衣搭配奶油色的圍巾。裙子和手套也很講究，頭髮則用喜愛的髮夾夾起來。

靴子才剛磨得光亮，頭髮則細心梳整。

也上了層淡淡的妝，早餐後，不知為何還刷了三次牙。

懷抱著心慌意亂的心情，終於鼓起勇氣赴約——對方卻還沒到場，她也無所適從。

約好的時間，已經超過很久了。

（就算我很期待，但貴大好像不這麼想啊。）

期間又經過了十秒、二十秒，連這種想法都浮上她的腦袋。

不可以這樣，不可以在意這種小事。她如此心想，卻無法阻止低沉的心情——

『……喂？』

「咦？」

『喂喂，是薰嗎？』

耳邊無預警出現貴大的聲音。

音質有點雜訊。是透過【呼叫】傳來的聲音。

這麼說來他原本是冒險者，也學有這類技能。

（他現在才剛起床嗎？）

薰聽見聲音後鬆了口氣，同時間卻也想要抱怨個一兩句。

薰露出些微安心的神情，隨即又繃起臉來。

「喂喂？貴大？等等，你現在人在哪裡啊？」

『啊，是薰嗎～？妳在哪兒？已經出門了嗎？』

「咦？」

她此刻就站在約定地點上，卻問她出門了沒？

到底是怎麼回事啊。莫非貴大也在這裡？

『地點是不是有點難找？「攤販街第三廣場」中央有個女孩子的銅像，就把那個當標誌吧。』

「咦？攤販街第三廣場？」

她轉轉身子，回頭往後看。

那裡有著「男孩子」的銅像，以及刻著「攤販街第二廣場」的牌子——

（弄、弄錯了！）

對了，集合地點是第三廣場才對。

不是第一也不是第二，是第三。由於她心情飄飄然的，沒仔細確認好。

「對、對不起！我現在、我現在馬上過去～！」

『啊，喂、喂！』

不等貴大回應，薰跑步奔向第三廣場。

靴子弄髒。頭髮飛亂。燥熱的緣故泌出汗水。

（啊啊～！為什麼會變成這樣～……）

最後，她在中途與迎接她的貴大會合了——

有種在起跑點就摔了一跤的挫折感，薰感覺快哭出來了。

「對不起，真的很對不起！」

「不，我不在意啦。」

「可是……」

「還沒熟悉這裡的人很難找到路吧。抱歉。」

從集合地點前來迎接她的貴大，反而露出很抱歉的表情。

貴大低下頭來說是他錯了，是他想得不夠周到。可是薰也無法坐視不管，於是比他更加深深垂下頭。

「不是啦，貴大沒有錯！是我沒有仔細確認的緣故。」

「不，如果我選擇更好理解的地點集合就好了。」

「不不不，是我。」

「不對不對，是我。」

會合後，薰與貴大在道路一隅互相低頭致歉。

是我的錯，不對，是我的錯。兩人互相堅持。

當察覺到路過行人都以困惑的表情看著他們後——

兩人噗哧笑出來，就這麼小聲笑著。

「我們兩個到底在做什麼啊。」

「呵呵，就是呀。」

笑容自然而然浮現而上。

是啊，這是很常發生的事。

雙方都沒有生氣，他們開始認為剛才的堅持還真奇怪。

「好啦～按照預定，去偵查路邊攤販吧。」

「嗯。」

「妳有什麼想吃的嗎？」

「我想想喔。應該說，這裡有賣些什麼呢？」

「要從那點開始啊。」

恢復平常步調的兩人，輕笑著展開對話。

要去哪間攤販好呢？話說回來有什麼樣的攤販呢？尚未習慣攤販街生態的薰，本打算交給貴大決定——

「我說，肉跟魚，妳喜歡哪個？」

「肉跟魚？」

貴大首先拋出了選項。

攤販街彷彿整塊區域都是美食廣場。即使想嘗試也有太多選擇，負責帶路的人反而陷入了迷惘。

「肉類是攤販的必吃餐點嘛。但是格蘭菲利亞的魚貨也很棒喔。」

「沒錯呢。」

王都不愧稱為花都，飲食相當多彩多姿。

這個季節，肉類的油花通常飽滿。燉煮和燒烤都很美味，光是普通的調味就令人十分滿足。

魚蝦類也相同。薰從未知道原來海水魚可以這麼好吃。

那些豐潤又滋味深奧的海鮮佳餚。白肉魚做成奶油煎魚，擠上檸檬汁後也很好。那個鬆鬆軟軟的白肉，與河川魚又是不同的風味，帶點嚼勁的口感讓人欲罷不能。

（貝類也很棒啊。）

將貽貝或牡蠣用葡萄酒洗過，清蒸後滑溜溜地連帶湯汁一起食用。那正是海洋的氣息，海濱風味在口中盡情擴散。唯有貝類才有辦法品嚐到這種滋味，薰極為喜愛，每三天就會在員工餐吃些貝類。

對了，還有還有，貝類的話用油炸也很不錯。將牡蠣或扇貝裹上麵糊，炸得酥酥脆脆，趁熱享用。甘甜濃厚的貝類精華從麵衣流溢而出，和伍斯特醬非常搭。不，貴大教她做的塔塔醬也很難以割捨——

「…………」

「啊！」

直到此刻，薰終於回過神來。

來到王都後品嚐過的食物在腦海中一一浮現，她似乎忍不住恍神了。貴大有趣地觀察她，薰察覺到他的視線後終於感到羞恥。這名臉蛋紅通一片的少女，用蚊子般的聲音回答說：「都可以喔。」

「那麼，我們就四處吃點東西吧。」

「麻煩你了……」

剛剛那模樣，她是不是被誤解成貪吃鬼了呢？

薰再度感到羞恥，總覺得臉蛋火辣辣地發燙。

「那麼該去哪兒才好呢？」

與她形成對照，貴大則是飄忽不定。

視線移向大街道的此端彼端，尋找不錯的店家，迅速排列出候補。

走。

他看起來確實很熟練。特地說要帶領薰可不是說著玩的，現在他看似要牽起薰的手向前

（果然是都市人啊。）

薰不自覺心想，追尋他的視線。

即使被來來去去的行人所遮蔽，原來如此，確實看起來是充滿特色的攤販。

用大鍋熬煮熱湯的店面。裝飾美麗點心的店鋪。從鹹辣到甘甜口味都可以選擇的可麗餅店家，以及出乎預料，有著屋頂和休憩所的店家。還有最醒目的，人滿為患的店鋪——

「貴大！那個那個！」

「嗯？」

「那個，你不覺得很厲害嗎？」

那是攤販街裡出奇醒目的興隆店家。

即使外觀沒什麼特色，不知為何，有許多人都謀求那看似串燒的食物。

是調味很不錯嗎？或是食材裡有什麼祕密呢？光是旁觀也無法掌握實情，正因如此，薰認為應該購買看看。

「那一定能夠成為參考。」

「嗯，或許吧。」

「走吧走吧。」

「不……唉，也好。」

莫名感到躊躇的貴大，薰帶著他突擊剛才提到的店家。

鑽入人群，推擠人群後，她終於站在攤販前，心情振奮地向店主伸出手。

「叔叔！請給我兩支！」

「好喔～『雪牛』的串燒對吧？」

「多少錢呢？」

「兩枚銀幣。」

「好的，兩枚銀幣……咦？」

銀幣。兩枚銀幣。換句話說，串燒一支要一枚銀幣。

烤玉米是五枚銅幣。羊肉串燒是八枚銅幣。午餐定食是二十枚銅幣。晚餐套餐是五十枚銅幣。

然後，這支串燒要一枚銀幣。肉類串燒，一支就要一枚銀幣。

（暴利……！）

薰忍不住僵在原地。

說到銀幣就是那個。銀色圓圓的那個。可以購買「滿腹亭」的任何料理，反而還會多出很多找零。就是那種硬幣。

光是一支串燒就要一枚那種硬幣？究竟是有著怎樣的神經啊。如果是貴族大人的別墅就算了，這裡是下級區，是平民街啊。在這種地方訂下這種價格，究竟是搞錯了什麼才能若無其事地在這裡開店——

「來，兩枚對吧。」

「多謝惠顧——」

「等等……！」

薰產生混亂的期間，貴大已經先付帳了。

接著他離開攤販前，將薰拉回他們原先待的地方。

「咦咦咦咦……？」

越來越不明所以的薰，發出非比尋常的聲音。

貴大對她投以苦笑，揮揮串燒。

「哈哈哈……真沒想到妳會看中這個。」

「到、到底是怎麼回事？」

「也對，這看起來很好吃嘛。」

貴大說道，將串燒高舉到眼前的位置。

高溫的串燒依舊熱騰騰地幾乎彈出脂肪，與上升的熱氣一同散發出濃郁且刺激食欲的香味。

原來如此，確實看起來很美味。是很美味沒錯。

「為、為什麼你要買呢！」

沒錯，看起來再怎麼好吃，一支串燒竟然要一枚銀幣，太誇張了。

只要別奢侈，那是可以使用一星期的金額啊。

「問我為什麼。把我拖到攤販前，點單的是薰吧？」

「但、但是，一枚銀幣也太貴了吧？」

「哎呀，是沒錯……但這串燒用的是高級食材啊。」

「……？」

為什麼那種東西會出現在路邊攤販？

莫非這裡是王貴區？王公貴族所居住的上流與名流的領域？

不明白。不懂的事情太多了。薰的腦袋像要糾結成一團。

「沒關係啦，總之趁涼掉前吃吃看吧，來。」

「啊，好、好。」

依舊混亂的薰接過串燒。

見貴大吃下串燒，她也像是受到影響，吃下他們話題中的肉串。

而後——

（這、這是什麼……？）

好奇怪。這明明是肉才對。

卻在口中融化了，和薰認知中的肉不同。

所謂的肉應該是有點硬，有些肉要咬斷時甚至還得費盡一番心力。

然而這個肉是怎麼回事？很有嚼勁。嚼著肉，則會有適當的彈力反彈回來。到此為止都和普通的肉類相同。

只是，在這之後和一般的肉類天差地遠。

咀嚼到某個程度，舒適的嚼勁反彈回來後——

突然，肉就鬆軟地被咬開了。

接著在口中融化，溜溜地滑到喉嚨深處。

（是脂肪。脂肪的品質完全不同……！）

不。不單單是脂肪。肉汁的美味也飽滿地殘留在口中。

光只有脂肪、光只有肉汁的話，無法促成如此豐富的滋味。

脂肪與肉汁，以及適當的嚼勁。出自這些絕妙的平衡，這支串燒昇華成別次元的肉類料

理。

只要品嚐過就能知道，這確實有一枚銀幣應有的價值。

不，串燒帶給她的感動甚至讓她認為一枚銀幣太便宜了。薰深深著迷，將切成大塊的肉類塞滿臉頰。

切成四塊的串燒肉類，已經一塊也不剩。

美味食物一眨眼間就吃完了，早知如此多買一串就好了，薰感到後悔——

（等等，我在想什麼啊啊啊～～～！）

順著情勢，不禁吃下串燒了。

這個要價一枚銀幣的料理！甚至高於勞動者日薪的價格！

如此一來便無法退貨，當然不可能吐出來還回去。

至福的餘韻仍殘留在口中，抱持著心中無限的懊悔，薰的腳陣陣發顫。

「貴、貴大，這個。」

最後，薰放棄一切，決定至少先還錢。

即使是暴利，她吃掉了就是事實。她從懷裡取出錢包，抽出少得可憐的銀幣，將錢交給替她代墊串燒費用的貴大——

「不用，沒關係啦。妳收起來吧。」

「但是……」

「真的沒關係。說來，今天來到這裡，我可是打算都由我來付帳喔！這個沒什麼啦。」

「咦咦！」

她再度感到無比驚訝。

不只是雪牛的串燒，今天全部都由他請客？

再怎麼說也不能這樣。自己吃掉的東西得由自己來付帳才行，薰再次遞出銀幣。

「不可以啦！來，錢的話，我身上也有至今存下來的零用錢……好嗎？所以沒問題，我可以自己付錢。」

「不，偶爾也讓我付啦。至今為止妳也請客了很多次。」

「咦？什麼意思？」

「喏，從以前到現在，除了員工餐以外，妳不也做了飯給我吃嗎？」

「不，那些是料理的試作。」

「但是那些材料費，都是用妳的零用錢買的吧？」

「什……！為什麼你會知道？」

她不記得有對誰說過。

就連優米爾也保密了。

然而為什麼？對於困惑的薰，貴大若無其事地說道：

「喔，之前凱特小姐告訴我的。『你想知道小薰都把零用錢用在什麼地方嗎～？』她就自己說了些我沒問的事。」

「媽、媽媽真是的……！」

沒想到竟然會被親生母親背叛——

不，可是，如果是母親的話很有可能會做這種事。母親可是特別喜歡聊八卦，也是出自一半的興致才告訴貴大的吧。母親的「我不會告訴任何人」真的一點信用也沒有。

（可是～……！）

祕密遭到揭發的羞恥，又使她臉頰發燙。

不過貴大看來沒有特別在意，他為了讓薰冷靜下來，向她搭話。

「讓妳從少少的零用錢裡支付材料費，我實在覺得很不好意思，想說總有一天要好好報答才行。所以說，雖然也只是這兩天決定的啦，但我認為逛攤販是個好機會。」

「嗯……」

她明白他想說的。

以恩情回報恩情，薰在祖父的如此教誨下成長。

因此她理解貴大的道理，也對接受報答這件事沒有異議——

但一枚銀幣的金額實在太大了，她說什麼都會在意。

「怎麼說，我也不是不懂妳的心情。換作是我被請太昂貴的東西，也會不自覺顧慮起來。」

「對吧？所以說這次就由我來……」

「不然，這樣吧。」

貴大發出來的聲音像是阻斷薰的話語。

他要提出其他交換條件嗎？薰稍微繃緊身體，貴大則說了——

「下次再做飯給我吃吧。這樣就好了。」

「……咦？那樣就夠了嗎？」

「這樣就夠了。因為薰做的飯菜很好吃。」

「是、是嗎？」

原先只是作為他協助「滿腹亭」的謝禮。

協助改善門可羅雀的店面，使店鋪興盛起來的謝禮。

她抱持此心意所親手做的料理，看來讓貴大格外感到喜悅。

薰因此感到莫名愉快，不自覺鬆緩了表情。

「今天就由我來請客！薰則做些我喜歡的料理！這樣可以吧？」

「嗯！」

若是這種報答就行的話，她求之不得。

如他所願，下次休假就更加奮發向上，做些貴大喜歡的料理吧。

「那就走吧。接下來是烤魚！」

「嗯，走吧！」

消沉的心情不知何處去了，薰提起輕巧的腳步來到貴大身旁，挽著他的手臂向前走。

來吧，接下來才是真正的開始。

配合胸口傳來的高昂鼓動，薰與貴大踏入攤販街的人潮裡。

—4—

「呼～吃飽了吃飽了，肚子好撐。」

「對呀～已經什麼也吃不下了。」

之後交給貴大帶路，薰繞遍了攤販街各處。

從使用炭火慢慢烘烤而散發香味的烤魚開始，扇貝與牡蠣在烤網上烤熟而湯汁飽滿，魚

肉與馬鈴薯的炸物，扁圓麵包夾入番茄與煎蛋捲和培根等食材。除此之外也吃了非常巨大的香腸。

（那個真好吃呀。）

咬下香腸後，噗啾——隨著舒心的聲音一起，鎖在裡頭的肉汁於口中噴出。與之同時，美好的香氣貫穿鼻腔——就香腸而言明明分量挺大的，卻眨眼間就吃完了。

光是如此就已經大獲滿足，收尾時貴大還請她吃了可麗餅。

濕潤甘甜的可麗餅餅皮上，只有塗抹木莓果醬再折疊起來而已，為什麼卻美味到這種地步呢？吉帕尼亞村也會製作果醬，但香氣完全是天壤之別。

（啊，多麼……）

多麼美好啊。

薰曾經誤解了所謂的攤販。

在戶外開設的小小店鋪，她從未料想到會有如此豐富的飲食文化。

與食堂販售的餐點又有所不同，攤販料理擁有獨自的世界觀。包含邊走邊吃的樂趣在內，攤販含有令人上癮的魅力。

（真滿足……我現在是世界上最幸福的人了。）

這個想法一點也沒錯。這份心情並非謊言。

她同時卻也產生了不安。

在這個攤販街裡，她的料理究竟適不適用呢？

拚命努力後卻無法獲得認可，她會不會又產生辛酸的心情呢？

光是簡略體驗了美好的攤販文化，這樣的想法就怎樣也無法撇開。

「我問你，貴大。我們有辦法讓攤販成功嗎？」

因此，她不禁講出洩氣話。

如果飯糰不行的話，究竟該做些什麼才好呢？

最近製作的料理種類也增加了，但那也只是定食食堂的菜色。可以輕鬆外帶，邊走邊吃的餐點非常少。加上必須考量品質與調理時間——她怎麼想都感到困難。

「嗯？怎麼了，沒有自信嗎？」

「嗯。有點沒自信。」

難得對方都為她帶路了，說出這種話令她稍微感到抱歉。

但是就算虛張聲勢也沒有用。攤販與攤販之間的一級戰場，抱持半吊子的念頭不可能在這裡成功，繞遍各個攤販後她深深體悟到這件事。即使模仿有名的店家，在品質與價格方面上也不可能獲勝，她也充分理解了。

那麼究竟該如何是好？她果然什麼也想不出來。

「靠攤販來賺錢，果然辦不到呢。」

薰不禁吐出喪氣話。

在她心中，此想法已成為了結論。

老實告訴賺外快會的人們，請他們放棄在攤販街賺錢的想法吧——

她不禁在心中下了此決定。

只是與她產生對照，貴大的臉卻浮現出無畏的笑容。

「現在放棄還太早了——！」

「咦、咦？」

「哼哼哼……妳的運氣很好，有我跟著——有知曉攤販一切的我跟著！」

「你有什麼好方法嗎？」

他的態度格外自信滿滿。

薰受之吸引，臉色也恢復了明亮。

她露出滿是期待的目光。貴大見狀，用力地挺起胸脯。

「是啊，我有想法，有具體的料理提案，以及支撐這些的三大要素。」

「三大要素？」

到底是什麼呢？是指製作美味料理這件事嗎？

然而，如果是這樣的話那還剩下兩個要素。那麼，剩下的要素是——？

「首先是第一個……薰，有關攤販街的氣味，妳覺得怎樣？」

「氣味？嗯，我是覺得很香。」

沒錯，攤販街散發著美好的香味。

烤肉與烤魚的氣味。奶油融化的氣味。水果與蜂蜜的甘甜香氣，番茄湯有點酸味的氣息。

無論哪種都很香，都是讓人忍不住想大口吸入的味道。

「沒錯，就是那個。最初的要素就是香味！攤販的食物必須透過香味來吸引客人才行。昨天的飯糰，首先就是這點不足。」

「唔！」

沒錯。飯糰的香味不夠。

飯糰沒有足以令人發嗆的香味，因此客人才沒有靠過來。

「看來妳明白了。飯糰確實很好吃，但是第一次見到商品的客人並不知道這點。何況現在的季節是冬天，冷掉的食物不可能會賣。」

「嗯、嗯。」

仔細一想，確實如此。

她自己雖然很喜歡飯糰，不過在寒冷天空下吃的話確實很痛苦。

思考至此的薰，滿是認同地頷首。

「嗯，我知道了。那麼，下一個要素呢？果然是味道嗎？」

「並不是！既然是拿出來賣錢，美味是最低條件！第二個要素並不是這點。對攤販而言重要的要素之二……也就是，商品的稀奇度！」

「稀奇度？」

那或許也很重要也不一定。

攤販街的料理大多具備獨特性，薰也很享受新鮮的氣氛。

「可是，也有滿多普通的料理啊？」

沒錯，光是燒烤魚類和肉類，沒什麼好稀奇的。

隨處可見，事實上，盡是些常見的食物。在這當中找不到稀奇感，這點又該如何解釋？

「很好的疑問。像那種店，就某方面而言就是所謂趨近完成的店家。」

「趨近完成的店家？」

「沒錯，有一定需求的店家。販賣任何人都會時常想吃的食物的店家。多半是在漫長歷史中留下了那類商品吧。像那種店，只要仰賴經營方式，任何人都可以做出一定程度的成績。」

「那不是很好嗎！我們也那樣做吧？」

她認為這不是個壞提案。

只是烤肉烤魚的話誰都能辦到，薰也有自信能烤得好吃，所謂趨近完成的店家的名號聽起來也很有魅力。

「但是當中也存在著問題喔。不稀奇的東西，反過來說就是任何人都能辦到的東西。烤肉串燒的攤販，到處都有對吧？聚集了那麼多數量，人們就會選擇到比較便宜的店家購買。為了配合這點，勢必就得薄利多銷。不多賣一點的話，就無法負擔人力費、燃料費，以及備料費用。如果要從這種競爭中脫穎而出，仍然需要某些新鮮感或是特色。」

乍看之下是固定商品，實際上固定商品中也有優劣之分。

為了避免此類競爭，所需的就是稀奇度。並非味道，也非分量，而是透過獨特的要素來做出區別。

「嗯嗯，原來如此，香味和稀奇度啊。那麼，第三個呢？」

「第三個……也就是，適當的價格！」

「適當的價格？」

那不是理所當然的嗎？

今天吃的食物，每種她都認為是適當的價格——

「呵呵呵……妳露出了不可思議的表情啊。不過妳也應該知道才對。某個食物在香味、

稀奇度上都是滿分，卻沒有滿足最後一項要素！」

「咦咦？」

有那種東西嗎？

每間店的料理價格都很合理才對。昂貴的不過就只有雪牛串燒，其他食物的價格都相當符合庶民──

「該不會你是指最一開始的串燒？」

「沒錯，就是那個串燒。那雖然很美味，但不是滿分。」

「嗯～……確實很貴，可是如果是那種味道，那樣的價錢不也能讓人接受嗎？」

沒錯，那是值得一枚銀幣價格的逸品。

考量到使用高級食材這點，薰認為那是適當的價格。

「那我問妳，妳有辦法每天買嗎？」

「每天？沒辦法沒辦法，絕對沒辦法！」

薰的家庭並沒有富裕到那種地步。

先別提年末時所遇見的貴族千金，她家可沒有辦法把高級食材端上餐桌。

貴大也明白這點才對──

「那麼，妳大概會多久買一次？」

「那個，我想想，如果是生日的話，可能可以吧？」

若是一年一度的慶祝，吃點那種高級料理也沒關係吧。

「那並不是能夠每天吃的東西啊。」

「沒錯。所以說，就攤販料理而言那個商品有所缺陷。」

「為什麼？」

「因為，妳想想嘛。價格很高，購買的客人也說一年吃一次就夠了。在這種相當於下級區的地方開設攤販，妳覺得會賺錢嗎？」

「啊……」

「那是因為是雪牛才能成立的買賣。雪牛的肉象徵吉祥，是限定冬季的喜日才有的食物。在我出生的國家，以前叫做鰹魚的魚價格好像也貴得離譜……總之，就是類似的感覺。買方賣方都能接受，但是，正是因為物品稀少才會出現那種價格。」

「原來是這樣啊……」

這麼說的話，那間攤販確實不及格。若想要長遠經營，想要生意興隆的話，那種手法差強人意。

「那麼，所謂適當的價格，就是指任何人都能輕鬆購買的意思？」

「沒錯，並不是正確的價格，而是指每天都可以購買的價格。」

「原來如此。貴大想表達的意思，我漸漸明白了！」
「哦，很不錯喔。」
「也就是說，所謂適合攤販的料理就是！」
「料理就是！」
「攤販料理就是有著不禁會讓人恍恍惚惚~地被吸引過去的香味，擁有好像誰也沒看過的稀奇度，並且有著感覺每天都可以購買的價格！只要具備那些，即使是像我這樣的外行人，也能夠在攤販大成功對吧！」
「對，就是這樣！」
貴大大大地點頭。
獲得認同的薰綻放出笑臉。
兩人攜手，向藍天描繪出閃耀的未來——
「才怪，哪有可能這麼簡單呀~~~~~~！」
痴人說夢正是這個意思。也稱作紙上談兵。
要是真能那麼簡單誰都不用費盡心力了。如果有就好啦，能辦到就好啦——他們可不是在討論這種事。貴大卻針對此事花費漫長時間說明——
「嗯？妳覺得辦不到嗎？」

「當然辦不到呀！」

原本以為他偶爾會說些認真的話，結果只是這樣。

這個人時而會表現出這種模樣。該說是沒有現實感，還是其他說法才好？

（……但是……）

薰自己也有「說不定能辦到」的想法。

貴大看似怕麻煩，其實擅於照顧人。

明明不擅長與人交際，對於有困擾的人卻很溫柔。

他的這些特質不可思議地讓薰心生期待。該不會，或許能夠成真也不一定。她湧現出這種心情。

即使此刻說著辦不到、不可能……她心底某處仍懷抱著期待。

要問為什麼，瞧，因為他自信滿滿地這麼說道：

「總之，交給我吧。」

他這麼說。

—5—

貴大與薰逛攤販後，過了十天。

下級區攤販街所流行的美食，出現了一舉而變的徵兆。

「我問你，你吃了那個嗎？」

「那個？喔喔，那個圓圓的東西嗎？」

「沒錯沒錯。」

之類云云，那是圓圓的食物。

據說圓圓的熱熱的，裡頭黏呼呼地會融化。

淋上甘甜美味的醬汁，一旁也添加了美乃滋。據說吃法是用竹籤刺起來，將熱呼呼的食物送進嘴裡在口中打轉。

「然後呢，那到底是怎樣的料理？」

「那個啊，是什麼呢……」

連名字也沒聽聞過的嶄新料理。

熱騰騰又美味，除此之外有著從未有過的滋味，那究竟是什麼呢？

可能是對話途中就變得想吃，男人們迅速前往店家的位置。

接著，明明才上午，店鋪周圍已經聚滿了人群。

「嘖，已經排起隊了啊。」

那裡位於偏僻的巷弄，卻聚集了男女老幼約三十個人。

多半是被香味給吸引來的吧。香氣傳入鼻腔後向下撫摸胃袋，讓人湧現出唾液。被吸引注意力的人們首先看見的，則是看似與料理無緣的粗野男人們。

「歡迎光臨、歡迎光臨！」

「熱騰騰的很美味喔！」

「現在正在製作了喔！」

彷彿從事肉體勞動，經歷日曬而堅實可靠的男人們。

只要窺伺他們手邊，就能看見鐵板上有著用木串刺戳的小小東西。

鐵板加熱到高溫，邊緣處的麵糊啵啵地冒起泡沫。麵糊中心放入肉或魚蝦類，再像是放入馬賽克般，灑入染成紅色的生薑碎末，以及黃色的炸雞蛋絲。

接下來就是男人們展現手腕的時候了。他們靈巧地使用木串，將凝固成半球狀的麵糊轉圈圈似的漸漸旋轉成球型。每當旋轉時，被吸引注意力而緊盯攤販的孩子們就會發起歡聲，單純感到有趣而湊近攤販的大人們也不禁發出「哦」的聲音，感到佩服。

但是，這個攤販並非雜耍戲棚。光憑把濃稠的麵糊煎烤成圓形，是無法聚集到如此人群的。

攤販街裡使人群聚而來的是香氣，以及滋味，除此之外別無其他。

「哦，燙燙燙……呼呵，呼呼……這個，在嘴巴裡面化開啦。」

不久後做好如金桔般大小的圓球，在彷彿小船般形狀的紙盤裡並排八個，豪邁塗抹上像是焦油般的醬汁，再附上美乃滋和小籤子就大功告成了。吸引好奇心的形狀，加熱後攀升的醬料香氣，以及僅僅需要八枚銅幣的便宜價格。全部都符合庶民們的喜好。

正因如此，他們也能毫無猶豫地將初次見識到的食物放入口中。而後，口中首先感受到的是幾乎要燙傷的熱度。酥脆咬下妥善煎烤好的一枚外層薄皮，從中溢出的則是黏呼呼的麵糊。

並非沒有完全烤熟。不如說連中心都熟透了，裡頭的食材也熱騰騰的。食材滲出的湯汁與周圍的柔軟麵糊相互混合，因此才會黏稠。

能夠感受到魚與雞高湯滋味的濃稠麵糊，光是這點就令人滿足了，麵糊與塗抹在上頭的醬料交混後，可說是致命一擊般，在口中充斥著幸福。醬汁也是絕品，有著強勁甘甜與香氣卻不會太過搶戲。何止如此，更能襯托出麵糊與食材，再次將美味昇華到另一個層次。

所有人都深受這股滋味的誘惑。大人小孩都將其塞滿嘴裡，朝向一月的天空呼出白煙。

這副景況，以及散發出來的香氣又吸引新的一批客人，輕而易舉就讓他們自動打開錢包。

「你好，歡迎光臨！請問要點些什麼呢？」

圓圓又熱熱的，不可思議的料理。

出現在市場中不過數日，立即引發討論的料理名稱是——

以在攤販工作的人們的故鄉名稱為由來，取名為「吉帕尼亞燒」。

「嗯嗯，吉帕尼亞燒大成功呢。」

「哦～太好了太好了。這樣的話讓他們自己經營應該也沒問題了吧。」

生意興隆的吉帕尼亞燒攤販，有兩人放遠目光守候著。

是教導吉帕尼亞村賺外快會成員料理做法的貴大，以及提出此委託的薰。

他們在遠處觀察情況良久，判斷沒什麼特別問題後，背對攤販踏出腳步。

「但是這樣好嗎？冠上我們村落的名字。而且放的不是章魚，而是其他東西進去。這是貴大故鄉的料理對吧？」

薰走在貴大身旁，一面對攤販的成功感到心安，卻對改變料理名稱這點感到抗拒。

那道其實名為章魚燒的料理，對貴大而言是讓他想起故鄉的食物。卻為了營業額就更改成村子的名字——

儘管如此，貴大本人卻揮揮手說「沒關係啦」。

「畢竟這個地域的人們對章魚與烏賊有抵抗感啊。如果使用章魚燒這個原本的名字，客人不會伸手嘗試吧？所以才隨意取個吉帕尼亞燒之類的名字，放進章魚以外的食材，如此一來就會大賣了對吧？」

「並不是這個問題……」

問題並不在於他們的商品大賣或不賣。

薰是擔憂貴大的心情。

留有東方血脈的她明白，從遙遠異鄉來到此地的人們，有多麼思念故鄉這件事。她的祖父彌彥是個理性且禮儀端正，足以讓任何人都喜歡的優秀之人。即使是他也會思念無法回歸的故鄉，也曾流下眼淚。

薰年幼時見過那副光景後便再也無法遺忘了。坐著凝望滿月，握著飲盡的酒杯的彌彥，低聲喃喃故鄉的名稱，流下眼淚的光景。

她曾聽過一次貴大提到故鄉的事情。只是，最後回應她的是貴大說出「雖然想回去，但沒辦法回去了」的話語和苦笑。當時他的眼眸與祖父的眼眸重疊起來，從此以後，薰不再輕易碰觸有關貴大故鄉的話題。

因此，為了賺錢，甚至更改料理名稱——

果然，說什麼都令她顧慮。

「笨～蛋，別一一在意那種事啦。」

「呀！」

貴大輕輕彈了一下臉色陰暗的薰的額頭。

面對露出驚訝表情的少女，他試著展露開朗笑容。

「那只是最適合作為攤販料理的食物，沒有特別的回憶，所以別在意。」

「但是……」

「反倒是我該感到抱歉。我本來想使用吉帕尼亞的白米，但想不太到方法。」

「啊，嗯。那個沒有問題。村裡的人說會用賺來的錢開物產展。」

「那就好。這就是所謂的皆大歡喜吧。」

做出斷言的貴大，感覺不出悲傷。

他這個人總是漫不經心。理解此點的薰，將不知不覺縮起來的背重新挺直，彈了一記貴大的額頭當作回敬。

「嗯，我知道了！」

接著，薰放下被彈額頭的貴大，朝自宅奔跑。

她將購物籃抱在胸前，露出惡作劇的孩子般的笑容回過頭。

「那麼按照約定，我會做飯給你吃！……如果你比我早到家的話！」

「什麼？」

薰拋下啞口無言的貴大打算奔跑而去。或許是為了掩飾本想關懷他，卻反被關懷而產生的害羞，她展現出平常想像不到的淘氣。

貴大嘆了一口氣，苦笑著開始追逐她。他們背後遠處，能看見聚集了更多人潮的吉帕尼亞燒攤販。

攤販生意興隆，私生活也一帆風順。以薰．羅克亞德為中心，吉帕尼亞村成員們的未來一片光明。

然而，攤販街可是飢餓野獸門的巢穴。

在這奸詐狡猾的嚴酷場所裡，一人大獲全勝這種事——

絕對不會被允許。

「不好了，貴大！吉帕尼亞燒的攤販，光是這星期就多了十家！」

「什麼！」

吉帕尼亞燒登場後兩星期。

攤販街裡增加了許多吉帕尼亞燒的店家，每個人都開始聲稱自己是元祖正宗店鋪。

這類攤販宛如雨後春筍般增加。像是要分一杯羹般，紛紛開始出現吉帕尼亞村的模仿作品。

「可惡——！展開對策會議啦！」

「嗯！」

「「「喔喔！」」」

嚥不下這口氣的貴大挺身面對。

薰支持著他，想要給予協助。

再加上仰賴興致和幹勁生存的吉帕尼亞村子的男人們，如今正揭起了「第一次吉帕尼亞燒戰爭」的序幕。

幕間劇「眩目的美食世界」

這裡是王都下級區路邊攤販街！

以牙還牙以眼還眼的美食戰場！

只要在這裡功成名就，就有可能擁有自己的店鋪。

有可能受到貴族僱用，也有可能在王城大顯身手。

即使出身下級區，也能靠努力積沙成塔。不斷地不斷地朝上攀爬，也能夠得到地位與名譽，成為富商巨賈！

不過，作著美夢的人們可是滿坑滿谷。夢想的大門確實開啟，能夠通過窄門的人卻少之又少。

正因如此他們才需要戰鬥。透過料理的味道，透過獨創的主意！

提供便宜又美味的攤販料理，增加回頭客！

為此燃燒執著的他們，絕不會對參戰的新人手下留情！

「咕哼哼哼哼……終於過來啦，新來的。」

「你們的事情我聽說了。賺了挺多錢的不是嘛。」
「真羨慕你們呢……嘻嘻。」
「呵呵呵呵呵……」
這裡是攤販街的中心地。
巨大食材倉庫的正中央，四個男人包圍著貴大。
「呃，請、請問是哪位？」
貴大好像在哪看過他們，又好像沒有。
從強壯的男人到魔法師風格的老人，乍看之下沒有統一感的四個人，唯一的共通點則是向貴大投以敵意。
「我們啊，我們是攤販街四天王。」
「攤販街四天王？」
「沒錯。是掌控攤販街東南西北方向的強者們。」
「這、這樣喔。四天王找我有什麼事？」
「也沒什麼，我們都聽說啦。」
「看準了最近大顯身手的你們嘛……呵呵。」
（原來如此啊。）

換句話說就是嫌貴大太礙眼了。

在後方支援吉帕尼亞燒攤販的佐山貴大。只要沒有他，剩下的就任憑他們處置了。

「只是我沒想到會在食材倉庫被圍堵啊。」

貴大聽說有事要談就被帶來這兒，沒想到竟然會是這樣的展開在等著他。

不，這也無不可能。這裡可是毫不留情的第一戰區。棒打出頭鳥，在寶石還是原石以前擊潰之命運。

「哼。還真是有膽識。」

即使被稱為四天王什麼的，事實上也不過是屬於惡徒、暴漢的範疇。

貴大不想和這些傢伙糾纏，打算逃離時——

「不——————對！」

「什麼？」

「我們是料理人！絕對不會扯上暴力！」

壯漢大叫，老人高聲呼喊。

接著陰暗的倉庫被燈光點亮，顯露出成山般的食材。

「年輕人！叫做吉帕尼亞燒的料理，確實厲害！」

「但光是那樣還不夠！讓我們見識你的真本事吧！」

「啥？咦、咦咦？」

「來場無差別無限制的料理對決吧！」

「我們提出的要求，你不會拒絕吧？」

如此云云，料理人們又飛又跳，縱橫無盡地行動。

他們拿起倉庫內的肉類與蔬菜，又切又烤又剁。

「哇殺啊啊啊！【Mach 薄削！】」

「喝哇哇哇哇！【五分熟 Burner ！】」

「吼喔喔喔喔！【Fresh 切割！】」

「咦、咦、咦咦咦……？」

跟不上他們的節奏。雖然跟不上，但對決已經開始了。

再這樣下去會被視為落敗。不，雖然那樣也沒關係——

「嘎吼吼吼吼！【白蛇螺旋衝】！」

「你至少配合其他人，使用英文啦！」

這裡是地獄的一丁目，以牙還牙以眼還眼的戰場。

踏入此地的貴大，他所不期望的激烈戰鬥仍然持續中——

END

第二章　學園迷宮攻略篇

—1—

「【力量刃擊】！」

王立學園的地下深處，學園迷宮的最深部，發動技能的宣言引起回音。

下一刻，雙刃劍以肉眼難以捕捉的速度翻轉。因魔力而閃耀的長劍留下幾縷軌跡，逼向敵人。

然而——

「【力量刃擊】。」

與高亢聲音響起的同時，自豪為必殺技的劍技遭受阻擋。

偏偏還是遭受同樣的技能阻擋。完全相同的劍法，裝模作樣地、彷彿故意配合她般地彈了開來。

「呵呵呵……已經結束了嗎？」

石造房間裡響徹著笑聲。

起死回生的一擊輕而易舉地被擊回，法蘭莎不禁向後退。

（沒想到、沒想到學園迷宮最後的魔物，竟然是這種東西……！）

不單單是【力量刃擊】。

所有的攻擊都對眼前的魔物起不了作用。

簡直就像是被讀心了一樣。打從最一開始就被看穿，令她產生一股被玩弄於股掌之間的心情。

不，就某方面而言這也是理所當然。

要說為何，對手——在學園迷宮深處等待她的魔物——

「差不多該由我進攻了吧？」

是一名優雅揮舞細身長劍，一面搖動著捲曲的金髮，徐徐拉近距離的少女。

她贏不過。她的底牌全都被看得一清二楚。

要問為什麼，那是因為對手有著和自己相同的容貌——

—2—

「貴大先生，終於到這一刻了呢。」

「是啊。」

中級區的酒吧裡，貴大與艾利克充滿興致地飲酒閒聊。

他們對談的話題自然和學園有關。為了紀念某事，明明是星期一的夜晚，他們卻來到了繁華街。

「沒想到一年S班的學生們，能夠這麼快就抵達最下層。」

「雖然發生了各種事，總之很順利嘛。」

「大家都在說喔，說是貴大老師的功勞。」

「沒有啦，都是因為那些傢伙非常努力嘛。」

「又來了又來了～謙虛是壞習慣喔，貴大先生。」

說著，艾利克笑著撞撞貴大的肩膀。

啤酒還喝不到一半，這名娃娃臉青年不知為何心情出奇的好。他很容易醉也是個原因，只是，理由不單單如此。

（真的太好了。）

明年春天，他將負責帶領別的班級。

S班的學生們會改由更具備高度知識、更有經驗的教師教導。

趕在這之前留下美好成果，並且能夠成為學生們的力量，艾利克真心感到滿意。

像自己這樣年輕一輩的小夥子，真的能夠和優秀的教師陣容們並列嗎——

他始終煩惱的事情總算能告一段落了。

加上飲入酒精，心情鬆弛下來也是無法避免之事。

「不過，班上的大家確實也很厲害。學生們說要在一年級時就稱霸學園迷宮，這不是很有雄心壯志嘛。」

「那個迷宮，你們其實是打算拿來當作畢業考試的對吧？」

「是的。原本是打算藉由觀察學園迷宮的攻略進度以及實戰方式後，再來決定學生最後的成績……但法蘭莎小姐也誇口說『今天就能攻略完成』了喔。」

「啊啊～完全像是那傢伙會說的話呢。」

「對吧？呵呵。」

「哈哈哈！」

多半是想起大公爵家千金那張高傲的臉，貴大與艾利克一齊發出笑聲。他們啪啪地拍拍膝蓋或是遮住嘴邊，心想著這名太過優秀的學生。

不過那也只有轉瞬間，艾利克馬上又變成複雜的表情。

面向對此疑惑的貴大，艾利克猶豫地開口：

「法蘭莎小姐雖然那麼說……但我們學園的教師們認為，一年S班的學生們要稱霸學園迷宮很困難。」

「咦？為什麼？」

「當然，只要花些時間是有可能攻破，但在這學年內應該有困難。當然，我也認為這幾天不可能攻略完成。」

「咦咦？」

貴大不明所以。

如他們所見，學生們目前為止不是都持續飛快的進擊嗎？

儘管碰壁過，但每次都能克服困難。

那樣的資優班學生們卻會在最後的最後遭遇困境？

聽來還真是不可思議。

「貴大先生，你不知道那個迷宮的主人是什麼嗎？」

「不，我不知道。」

「是這樣啊。」

「對啊。因為我只是配合學生一起潛入迷宮。」

這是場面話，其實他只是覺得下迷宮很麻煩而已。

不知情的艾利克瞭然地點點頭。

「那麼，你還沒見過迷宮之主呢。」

他說道，稍微顫抖起來。

那泛青的臉，緊繃的身體，連坐在身旁的貴大都跟著緊張了。

「怎、怎麼啦？別這樣一直賣我關子，是那麼厲害的東西嗎？」

「是的，非常強悍。裡頭潛伏著傳說級的魔物喔。」

「傳說級的？」

不會吧，人造迷宮哪可能會有那種東西？

但艾利克的表情無比正經，看來這番話是真的——

「我說，其實那個迷宮啊……」

「嗯嗯。」

「最深處的房間裡，有傳聞中的那個……」

「咦咦……！」

「當然就是那個，連英雄譚裡面也有出現過的……」

「真的假的啊……！」

兩人用悄悄話談論傳說級的魔物。

漸漸知曉魔物的真面目後，貴大的臉上浮現出驚訝與瞭然的神情。

暫且繼續聽聞下去後，貴大呼地吐出一口氣說道：

「原來如此，那個啊……如果是那個，說不定有點困難。」

「對吧……由於目前為止都很順利攻略迷宮的緣故，這次受到的挫折相對而言一定更大吧……我怎樣都很擔心……」

之後，兩人都默不作聲。

對手偏偏是那個，學生們所訂下的目標終究無法實現了吧。

一想到這件事，心情無論如何都變得陰沉起來——

「總之，相信那些傢伙們吧。」

「…………」

「他們再怎麼樣也是菁英，這次也一定會有辦法啦。」

「……說得……也是。」

艾利克將握住的啤酒杯放到桌上，緩緩點頭同意。

他也同樣相信著，相信一年Ｓ班學生們的潛力。

同一時刻，學園迷宮最深處。

前述迷宮裡的ＢＯＳＳ房間，如今，一場戰役即將告終。

「最一開始的威風到哪裡去了呢？」

「唔……！」

「妳看起來格外狼狽呢，呵呵呵……」

「別再用我的臉喋喋不休了！」

法蘭莎從實習用制服的皮帶裡抽出小刀，銳利地投擲出去。

同時間她衝刺上前，提起手中的魔杖開始詠唱。

然而，卻沒有效果。沒有任何招數能對那個魔物奏效。

魔物笑著走上前，狠狠踹向法蘭莎的腹部。

「嘎啊……！」

長靴的前端深深陷入，少女忍不住縮緊身體。

但是她並沒有就此停下動作。

咬緊牙根，橫摔到一旁的她，利用氣勢重新站立起來。

還沒。還沒結束。她可不能盡是挨招。

此刻正是反擊逆轉的時候。取起長劍，放射魔法，展現貴族的榮耀——

「【火焰領域】。」

「…………唔！」

法蘭莎抬起臉，她所目睹的是赤紅閃耀的灼熱火球。

竟然在短短時間內發動了。而且還是她打算使用的技能，擁有必殺威力的強悍魔法！

「啊啊啊啊啊啊！」

法蘭莎發出吼聲，打算展開防禦魔法。

但是，趕不上。果然遲了一步。直到最後都沒放棄的少女，被火球吞噬而消失。

「呵呵呵……」

留下來的只有虛假的法蘭莎。

她停留在真正法蘭莎所待的位置，仰望回歸地表的傳送門方向，露出玩味的微笑。

「想說好久沒有挑戰者出現了，結果只是徒有氣勢。」

端正的五官，凜冽的身段。

擁有彷彿體現出貴族榮耀般金髮的少女。

法蘭莎．德．費爾迪南——與學年首席的學生有著同樣姿態的學園迷宮之主，繼續獨自發出無人聽聞的低喃。

「真是的，最近的年輕人啊……哎呀，不妥，這樣會被人嘲笑我上了年紀。」

迷宮之主咯咯笑道。

她待在四方寬長各十公尺，無裝飾的房間中央，緩緩停下動作。

「好了，下一個對手是誰呀？盡可能好好取悅我吧。」

語畢，魔物闔上嘴巴。

不久，她的身體開始朦朧，像是起了雜音般變得混亂——

最後終於消失，原地再也沒有留下任何蹤影。

— 3 —

「你們也刻骨銘心地體驗到了吧。那叫做另我（Alter ego），是連曾經的勇者安傑洛也深受其苦的恐怖魔物。」

接續法蘭莎，挑戰的學生們全員戰敗的隔天。

一年S班的教室裡，艾利克正在進行有關迷宮之主的講義。

學生們多半是依然惦記著敗北，光是聽聞迷宮之主的名字就繃起身體。艾利克一面感到擔心，仍繼續說道：

「雖然有許多複製能力的魔物，但另我是最為棘手的種類。知道為什麼嗎，瓦雷利同學？」

受到艾利克提問的紅髮少年站起來。

雖出身於騎士家世，今天卻多少缺乏精神的瓦雷利，用暗沉的聲音開始說明。

「是的……不單單是能力，另我也能夠完全複製當事人的所有記憶、思考模式，甚至是習慣。就結果而言，攻擊、防禦、迴避，所有行動都會被搶先一步解讀。」

敘述到此，瓦雷利無力地坐下。

他失去生氣的模樣，和其他學生們沒有太大差異。

「沒錯，另我最大的特徵，就是連當事人的記憶與人格都可以拷貝。既能夠複製裝備品的數值，也能使用你們辛辛苦苦學會的技能與魔法。」

沒錯，學生們當中有人持有特別的裝備。

有人握有家族傳授的魔法，也有人學會一子相傳的技能。

他們抱持這些優勢，勢如破竹地攻略迷宮——

最後的最後，對他們張開血盆大口的卻是他們一路以來仰賴的劍與魔法。

（那樣根本太犯規了……）

瓦雷利也是因此戰敗的其中一人。

傳家之寶的長槍被拷貝，鍛鍊出來的槍術遭到模仿，嚐到了十足的攻擊。

（要怎樣才有辦法勝利啊？）

做什麼都會被模仿。任何動作都會被採取對策。

魔物事典上雖然寫著「必須具備勝過自己的智慧與力量」，但只要自己變強，對手也會變得相對強悍。戰勝自己這番話常常聽聞，但從沒想過實踐起來是如此艱難。

「老師，我們贏得了嗎？」

「什麼？」

「我們真的有辦法打贏那個魔物嗎……？」

其中一名男學生流露出哭聲般的話語。

然而，這的確是一年S班的全體意見。說來，就理論而言，真的有辦法勝過另我嗎？那個比自己還更像自己的魔物——

「是的，能夠打贏。」

「咦……？」

「如果是你們的話，一定能辦到。」

果斷堅決的話語。

就內斂保守的艾利克而言相當稀奇的強韌肯定。

學生們感受到當中有著對自己的信賴感，昂起垂下的臉。

「這個世界上沒有打不倒的魔物。另我也一樣。你們認為無敵的迷宮之主，是可以攻破的對象。」

「可、可是，老師！我們實際上已經……！」

「教師陣容當中，有稱霸迷宮的人。」

「什麼！」

「而且前陣子，我也打倒了另我。」

「咦咦？」

艾利克看起來就是個室內派的青年。

纖細的身體不適合實戰，稚氣的面容也看似纖弱。

那樣的艾利克竟然打倒了那個魔物？打倒了教室裡的學生們都無法與之匹敵的另我！

「我可以，你們沒道理辦不到。請不要因為一次的戰敗就氣餒，不斷嘗試挑戰吧。」

艾利克更加向學生們訴說。

不過學生們因為過於驚訝，只能怔忡茫然。

（艾利克老師與我的差異……是什麼？）

當天下課後，學生們潛入學園迷宮。

穿越聯繫各樓層與地上的傳送門，造訪地下三十層。

石製的長廊，以及嵌於牆壁裡的魔石燈火。越過簡潔的通路後，前方就是另我本人。

「午安。請問是挑戰者嗎？」

「是的，沒錯。」

「我明白了。那麼開始吧。」

鳶色的馬尾。穿在實習服裝之下的緊身褲。

兩手戴上半指手套，緊緊閉上嘴巴。

她的名字是薇爾貝特．萊茵．朗袞。接續首席的法蘭莎、第二名的瓦雷利後，一年S班裡擁有實力之人。

「那麼，我要進攻了！」

「好的！」

薇爾貝特是武鬥家風格的少女。

耿直且厭惡矯作，沒打算做些浪費時間的舉動。

另我忠實地拷貝了這點，立刻展開突擊。凜然的少女赤手空拳使出迎擊，姿勢毫無破綻。

薇爾貝特並沒有空隙。

她總是以不會動搖的心靈，鍛鍊於身的技術擊敗敵人。

但是另我也相同。使出同樣架式、同樣表情的魔物作為對手，薇爾貝特感受到前所未有的艱難。

「喝啊啊！」

「唔咕！」

「呀啊！喝！」

「這個連擊是……！」

以正拳突擊為首，接著交錯手刀、踢擊的攻擊。

這是她最近才剛學會運用的動作。透過早晨與夜晚的自主練習，毫無鬆懈地鍛鍊才掌握到的連攜技。魔物甚至能夠重現此招數。薇爾貝特在內心咂嘴，不過她沒喪失平常心，施展足技作為回敬。

「喝啊啊啊啊！」

她像是橫掃般朝下方使出迴旋踢。

乘勝追擊，接著宛如從下方跳躍而上般從後方突進踢擊。

會擊中另我的。會擊中才對。即使閃開下方的攻擊，也無法躲過第二道攻擊——！

「唔！」

擊中了。踢技命中了。

如薇爾貝特所料，第二次的踢擊命中了。

儘管對方用擺成十字的手臂抵擋，但自己的攻擊確實擊中了。

那是無庸置疑的事實。

（果然。）

這個魔物是她自己。

自己無法閃避的攻擊，這個魔物也無法躲過。

可能和不可能之事都與自己相同。另我完全複寫了薇爾貝特·萊茵·朗袞。

（如果是這樣的話，為什麼？）

兩者之間的差距究竟在哪裡？

若是完全如出一轍應該還有勝算，但是另我卻比她自己更為強悍。

當中到底有何差異？為什麼學生們無法戰勝？

「呼！」

「喝啊啊！」

「這裡！」

「太天真了！」

赤手空拳挑戰對手，運用靈活的身體動作潛入對方懷中。

這是薇爾貝特的戰鬥方式。在極近距離連續施展體術，那是她最基本的戰法。不過，如果這無法奏效的話——

（那就！）

「【新月軌跡】！」

從腰間拔起劍，描繪出弦月般揮舞長劍，橫向揮掃。

這是「劍鬥士」職種的真本事。融合體術與劍術，是薇爾貝特最大的武器。拔起劍以後才是她的重頭戲。薇爾貝特施放的殺手鐗，逼近無防備的另我——

「【新月軌跡】！」

「什……！」

又出現了新的驚愕。

像是後空翻般上升，翻筋斗的魔物在空中使出了【新月軌跡】。

這種技巧，薇爾貝特並不知情。

她甚至想也沒想過自己可以施展出那種動作。

（這真的是我嗎……？）

驚訝導致身體僵硬。銀色劍刃逼迫而來。

即使她急忙紐過身體，試圖閃躲攻擊——

「咕唔唔！」

反應卻慢了一瞬間。

僅僅一瞬，來不及迴避。

身體因而承受魔物的劍刃，薇爾貝特被傳送的光芒包圍——

（我太不成熟了。）

傷口還在隱隱作痛。

人造迷宮具備了救命技能，即使如此肩膀仍留下來不及抵擋的傷勢。

薇爾貝特一面輕撫過隔著繃帶的傷，回想今天的遭遇。

（沒想到會被趁虛而入。）

她真是太不成熟了。

對方可是拷貝了自己，拷貝了自己的能力的魔物。

因此應該不會做出自己不明曉的行為才對——她原本是這麼認為的。

（但是……）

就某方面而言得到了收穫。

她自己原來也能施展出那種動作。她可以達到那種程度。

能夠理解這點，反倒是種幸運也不一定。一板一眼的薇爾貝特如此思考。

「但是，我總不能一直落敗。」

薇爾貝特在繃帶上披了件上衣，走出自家庭園。

位於王貴區的侯爵家宅邸。朗裘家在王都的住處，按照薇爾貝特的需求設置了稻草捆。

「呼唔唔唔～～………」

她在稻草捆正面擺好架式，集中精神。

彷彿連空氣也凍結的一月夜晚，薇爾貝特吐出長長的白色氣息，接著開始心無旁鶩地攻擊稻草捆。

「嘿！喝啊！嘿！喝啊！」

右、左、右、左——拳頭交互打入稻草捆。

好幾次好幾次反覆揮舞出正拳，不斷地不斷地揮舞著。

這是她的每日鍛鍊。薇爾貝特早晚都不缺席地練習。

「嘿呀！喝啊！嘿！喝啊！」

冬天相當嚴寒，揮舞拳頭時都會感到疼痛。

即使如此她仍繼續，是因為越是鍛鍊，越能消除雜念。

（第二次的落敗。不成熟的自己。阻擋在前的牆壁。）

她漸漸地感到這些都是枝微末節的小事。

只要不斷地挑戰就好了，變得更強悍就好了——心靈深處湧現出這種想法。

不過，實際上該做些什麼呢？該怎麼行動才好？一旦如此思考，揮拳就會開始變得遲鈍下來——

「呼、呼……呼……」

揮打一百次、兩百次時，逐漸顯露出疲勞。

思維也變回了雜念。全身冒出汗水。薇爾貝特用毛巾擦拭，抬頭仰望浮現在夜空的滿月。

「老師他們是怎麼克服的呢……」

不只是艾利克，也包含稱霸學園迷宮的教師們。

以及負責實習課程的佐山老師。一副飄忽懶散的模樣，卻擁有深不可測實力的他，究竟是如何攻略另我的呢？

莫非是像對待微笑小丑那樣，一擊就打敗那個魔物嗎？

或是使用別的手段，無驚無險地取得勝利呢——

「不行。先專注自己的事吧。」

思考途中，身體徹底變冷了。

無關他人。這次是她自己的戰鬥。

即使會被拷貝，首先也得提高自己的能力。

這是耿直的自己可以辦到的事——薇爾貝特心想。

—4—

「什麼？還沒有出現打倒另我的學生？」

隔週，王立學園一年S班的教室裡，埃爾發出愕然的聲音。

「這一星期，你們到底都在做些什麼啊？」

接著，埃爾無法置信地詢問。

學生們抵達迷宮最深處也經過了一段時間。

儘管也有排隊挑戰的必要，但全員應該都得到兩三次的戰鬥機會了才對。

那為什麼還無法打倒？沒人辦到？一個人也沒有？

「哎呀哎呀，真是服了你們。」

埃爾本來打算在今天進行有關另我的話題。

與學生們交換意見，加深那個特異魔物的知識。為此她準備了資料，特地過來一趟。

明明如此，學生們卻說什麼還沒擊倒，還不知道擊倒魔物的方法——

這根本不在話下，埃爾感到頭痛而蹙起臉。

「為什麼打不贏？那個魔物也記載在事典裡。你們有上過魔物學的課程吧，那麼，為什麼？」

學生們用著複雜的心境凝視著打從心底感到不可思議的埃爾。

這名黑髮精靈是天才。是受到王國追求與禮遇，連貴族也折服且懇求其知識的賢人。

那種人當然能夠擊敗另我。她一定會使用他們意想不到的方法，乾脆地打倒魔物。

但是，他們卻辦不到。

無法比擬真正的天才這點，又讓學生們感到心有不甘。

「讀過K．J．歐爾提特的《魔物大全》了嗎？布羅姆卿的《有關複寫、模仿能力的考察》呢？該不會還有人沒讀過《勇者安傑洛的冒險譚》吧。裡頭應該有寫著擊敗另我的方法才對。法蘭莎同學？」

埃爾推起眼鏡，列舉出數種書籍與論文的名稱。

接著她所呼喚的法蘭莎站立起來，張開小巧的嘴巴。

「是的，老師。書籍裡頭一致寫著必須具備勝過自己的智慧與力量。」

「沒錯。」

埃爾終於滿足地頷首。

她喀喀地走到黑板前，彷彿背誦論文般訴說：

「法蘭莎同學，就和妳說的一樣。令人恐懼的拷貝怪獸，做什麼都會被模仿的怪物，必須運用勝過自己的智慧與力量來對抗。」

「請等一下，老師，我認為那樣有著根本性的錯誤。」

「唔，妳那是什麼意思？」

她愉悅道出的話被法蘭莎給打斷。

不過埃爾反而被勾起深深興趣，她抬起下巴，允許對方繼續說。

「即使擁有勝過自己的智慧與力量，也會被對手給複寫。我們再怎麼提昇自己的能力，也只是讓對方一起變強而已。」

「所以這麼做沒有意義嗎？妳是指書籍和論文是錯的？」

「我是如此認為的。」

「妳真是不懂呢。」

埃爾用銳利的眼神看向法蘭莎。

然後環顧教室，像是要讓學生們聽清楚般開始說話。

「與對手處於相同條件，那為什麼你們還會落敗呢？當中有著什麼樣的差異？一旦定下勝敗，當中必定會存在著優劣。那麼，其中的因素是什麼？對方有，你們卻沒有的東西是什麼？」

「勝過自己的智慧與力量……？」

「不對！不對不對不對！真是什麼也不懂！那是只有你們才需要的東西！是你們獲勝的必須條件！」

埃爾甩亂長長黑髮，焦躁地扭著身子。

接著她雙手拍擊講桌，正眼瞪視學生們。

「另我就是你們自己。那個魔物正是完美的你們。然後，要擊敗對方的話……首先，你們必須充分理解自己。」

留下這句話，埃爾氣憤地離開教室。

鐘聲還沒響。上課時間還有剩。她果然很我行我素，學生們一面露出傻眼的表情——

（充分理解自己……？）

一面思忖著這句話的意思。

（我？我是什麼？我是個怎麼樣的傢伙？）

一邊思考一邊走在通路上。

迷宮響徹著腳步聲，少年持續思考有關自己的事。

（我是騎士。是丹特里克家的兒子。並且是騎士職種，職業是「聖騎士」。）

這些情報連提都不用提。

他是名叫瓦雷利．丹特里克的紅髮騎士。

擁有身為騎士團團長的父親，是不屈不撓的「聖騎士」。

（為了勝過這樣的我，什麼是必要的……？）

應該不是指單純的腕力吧。

肯定也不是特別的技能。

對手是自己——他自己本人。要勝過另我，他不認為會需要上述那些東西。

（那麼，是什麼？）

並非腕力，也非技能，當然更不是高價的裝備。

為了戰勝自己，現在的瓦雷利所需要的東西。

那是——

（是勇氣！）

學園迷宮最下層的ＢＯＳＳ房間。

在潛伏於此的迷宮之主面前，瓦雷利拋開了劍與盾牌。

「哦？」

取而代之拿出的，是幾乎超越身高的巨大長槍。

瓦雷利將特地揹過來的長槍，用兩手緊緊握住。

「要來這招嗎？好吧。」

面對彎下腰，握槍擺出架式的少年，魔物也使用完全相同的架式。

簡直就像是鏡中映照的自己。這個宛如鏡子的魔物，即使對方更換所持物品也無妨。

魔物會取出同樣的武器，採用同樣的架式。

這就是另我，瓦雷利再清楚不過——

不過，沒有問題。無論對方怎樣行動，他即將做出的決定都不會改變。

（我的身體流著騎士的血脈。）

代代相傳，接受脈脈繼承的騎士之血。

寄宿在其中的則是勇氣的力量。守護民眾，驅逐外敵的騎士的勇氣！

「【騎士的誓言】！」

使身體能力上昇的技能。

身體被赤紅光芒包裹，他看見敵人身上也散發出同樣的光芒。

瓦雷利的分身用著精悍的表情看過來。充斥著打算擊敗眼前敵人的氣魄，架式毫無動搖。

那副模樣相當理想，是瓦雷利所思考的完美型態。

（要超越那個的話……！）

勇氣。他必須抱持勇氣接受現實。

如今的自己劣於對手。無法到達完美的自己。

他必須承認此事，懷抱重新對抗的勇氣。

面對那毫無破綻的姿態，他反倒得感到驕傲才行。

（因為對方，也是我。）

瓦雷利如此思考。

「上啊啊啊啊啊啊！」

深呼吸後，瓦雷利向對方展開突擊。

不使用小伎倆。一直線奔跑，以長槍突刺。

即使對方使用相同的招數也沒關係。他只需要思考用兩手集中出力，衝撞敵人的身體。

「唔喔喔喔喔喔喔喔喔喔！」

不防禦了。就算被彈開也不畏懼。

拖曳著紅色氣場，兩次、三次，反覆突擊。

「怎麼啦，我！這挺不像平常的我啊！」

「都多虧你啊！」

另我笑了。

擁有同樣面孔的自己說不定也在笑。

這種戰鬥方式簡直就像場鬧劇。「聖騎士」的工作是防禦，使用盾牌與鎧甲守護自己與同伴。本該如此，他卻拿著騎兵的長槍，像個笨蛋一樣在迷宮內奔馳——

然而，卻有股不可思議的舒暢。

他確實感受到某種東西改變了，就是那樣的心情。

「這說不定就是所謂的成長啊！」

「是嗎？你搞不好只是被熱血沖昏頭而已！」

「那就試試看吧！」

雙方再次握緊長槍。

騎士的宣誓，【騎士的誓言】的效果仍然持續。

赤色氣場彷彿火焰般，包裹住紅髮少年——

「喔喔喔喔喔喔喔！」

「喔喔喔喔喔喔喔！」

伴隨撕裂絹布般的氣勢，兩個瓦雷利一起強勁地踢擊地面。

而後在房間中央，以同樣的時機，同樣的動作使用長槍突刺——

擁有一擊必殺的威力，貫穿彼此的身體。

「…………」

「…………」

「……是我……贏了。」

「……不對。是平手。」

「也……對……是啊……」

瓦雷利崩潰倒下。

身負重傷的他，立即被回復魔法的光芒包圍，不久後傳送回地面上。

留在原地的則是虛像的瓦雷利。不過，他的腹部也同樣被長槍深深刺入。

「……厲害。」

深負致命傷，另我仍保持微笑。
他滿足般地闔上眼睛，當場淡化消失。
儘管這次的結果並非瓦雷利的勝利，而是平手——
但同時，卻也確實具有向前進的意義。

—5—

那天也是從早上起就很寒冷。
一月下旬，氣溫越來越低，距離春天到來還很遙遠。
冷到前陣子下雪，積雪以後還被趕去進行除雪作業的程度。
這種日子最適合在暖爐桌裡打滾了。如此心想的貴大，儘管今天一整天都打算怠惰地生活——
「……………」
「……………」
「……………………………」

「……………………」

（好沉悶……！）

難以忍受沉默，貴大偷偷嘆了口氣。

（為什麼這傢伙會在這裡啊？）

位於他家的起居室，法蘭莎坐在桌子對面。

一副鑽牛角尖的神情，從剛才開始就沉默不語，優米爾泡的茶也一口都沒喝，與平時游刃有餘的她簡直天差地遠。見這非比尋常的模樣，貴大也難以開口搭話。

「老師。」

「呃，喔。」

「老師，我們是不是太不成熟了呢？」

「什麼啊？突然這麼問。」

想說她總算開口了，卻是這種問題。

發問突如其來，不過，貴大心裡也有底。

「喔——那個啊，你們還沒打倒另我。」

「是的。還沒打倒。」

法蘭莎咬緊嘴唇。

她以悲痛的表情，訴說起最近的煩惱。

「老師，我原本是這麼想的。另我什麼的充其量不過是假貨，是只會有樣學樣的下等魔物，只要有我們在，是輕鬆就能擊敗的對手。」

「然後有了『但是』，對吧。」

「是的。結果就是連戰連敗。唯一一次，只有瓦雷利撐到了平手……但是只有那樣而已。」

說到這裡，法蘭莎停下話語，難受地低下臉。

她甚至連平手都無法取得。一般而言，她誇下海口卻無法帶來響亮的戰果，如果這是僅限一次的對決還情有可原，她卻是兩次、三次、四次，甚至接連到第五次都戰敗，趴倒在地。

「我已經……真的……真的是覺得自己很丟臉……」

「不，別那麼在意啦。那畢竟是特別的魔物。」

「但是，我……明明誇下海口會立刻擊敗對方……」

「唔……」

話說回來，艾利克有提到。

法蘭莎曾自信滿滿地表示「今天就能攻略完成」。

她那時想必露出誇張的得意神情吧，應該一丁點也沒料到會失敗。那也理所當然，目前

為止她都持續展開飛快進擊，以驚異的氣勢攻略學園迷宮。

與其說是自信，更不如說是確信。學習到攻略迷宮的技術與知識，也能熟練使用新技能的自己無人能敵。即使這只限定在學園迷宮裡而已，她卻是真的如此深信著。

然而卻引來預料之外的慘敗，真可謂驕兵必敗。

「前陣子，我的父親挑戰一次就成功了。」

「唔。」

「學園的畢業生們，也有幾個人擊敗了另我。」

「唔唔。」

「但是我們之中卻沒人能打倒。呵呵，很滑稽吧？」

「唔唔唔……！」

法蘭莎像是開玩笑般地訴說，她的眼神卻如泥沼般混濁。

大概是身心都已疲累不堪，喪失自信與榮耀了吧。仔細一瞧，她眼下還有黑眼圈，即使用化妝遮蓋住，還是令人痛心。

「我盡是背叛了周遭的期待，實在沒臉面對照顧我的人們。就連鍛鍊我們的老師，我也感到滿心愧疚……」

至此，法蘭莎閉上嘴。

她想必是真的感到歉疚吧。再怎樣遲鈍都察覺得到。

貫徹言出必行理念的自己，竟然會講出這種豪言壯語來。妄自尊大就是指這種行為，一想到自己的得意忘形，她幾乎感到臉頰要冒出火來了。

儘管如此，貴大卻認為那無可奈何。

法蘭莎等人至今為止都一帆風順。行進的過程並非謊言，他們的努力與實績也毫無虛假。

只是最後的對手太過特殊罷了。

貴大如此心想。

「我說，總有辦法吧？」

「咦……？」

「再怎麼說，你們都一路努力過來了。就算會花點時間，這次一定也會成功。」

這是貴大的真心話。

並非鼓勵或送假人情，他是打從心底這麼認為。

「要打倒那傢伙很難，但是妳一定能夠辦到。」

「老師……」

「如果還是覺得辦不到的話，就想起這句話。」

「是、是什麼話呢？」

該不會有必勝的祕訣吧？

好想打聽。不，不能打聽。她身為資優班的首席，不能做這種窺視考試答案般的行為。

不過，可是，但是，她確實窮途末路了，但是不可以作弊——

「知道嗎？仔細聽好喔。」

「是的。」

迷惘途中，已經來到時限。

只能先這樣了，法蘭莎傾聽貴大的話語。

對於怎樣也無法擊敗另我的她，貴大給予的建議是——

「打敗那傢伙的必要條件，那就是——」

「那就是……？」

「勝過自己的智慧與力量。」

法蘭莎以坐在椅子上的狀態，很靈巧地摔倒了。

「我、我說，老師。那個條件我已經知道了。」

「咦？什麼啊，妳知道啦？」

她聽埃爾說過，也聽艾利克說過了。

父親也有告訴她，畢業的學長姊們也說過同樣的話。

這番話，這兩星期內聽到耳朵都要長繭了，卻是貴大的祕密策略，她越期待，失落也就越大。

「勝過自己的智慧與力量對吧？我已經聽過很多次了。」

「也是，畢竟書上也有記載嘛。」

「是的。事典與論文都有註記。」

「啊啊，果然。」

貴大說道，他感到有點尷尬。

真是意外啊，原來他也有脫線的時候。法蘭莎對此抱持些許好感，小聲地咯咯笑著——

「不過，那又為什麼？」

「咦？」

「妳都已經知道那點卻還贏不了，不是很奇怪嗎？」

突如其來的疑問，拋出來的問句。面對一改方才態度，感到不可思議的貴大，法蘭莎反而慌張起來。

「不、不是的，老師。我們雖然也有在努力，只是成效有點……」

「努力？你們做了哪些努力？」

「那、那當然是著重在讓自己更強、做出更洗鍊的動作……」

不這麼做，就無法勝過完美的鏡中倒影。

以近乎理想狀態行動的另一個自己。為了擊敗對方，法蘭莎以更加完美的型態為目標，與另我刀刃相向——

「啊，啊～……喔，這樣，原來如此。」

「…………？」

「是喔，原來是這樣。原來如此啊。」

不知怎的，貴大把法蘭莎晾在一旁，自顧自地接受起現況。

他頻頻點頭與佩服，佩服了以後又屢次點頭。對於貴大的奇妙舉動，法蘭莎戰戰兢兢地搭話。

「那、那個，老師？請問怎麼了嗎？」

「沒什麼，我只是感到欽佩啦。覺得做得真好。」

「欽佩？欽佩什麼事情？」

「欽佩另我……不，應該是學園迷宮本身。」

「欽佩學園迷宮本身？」

「沒錯。真了不起，做得真好啊。」

即使他這麼說道，法蘭莎仍舊一臉莫名。

是哪方面做得好呢？和另我有關係嗎？她不明所以而僵硬，察覺到此異狀的貴大開始說明。

「怎麼說呢。迷宮啊，會展現出創造者的意圖。」

「創造者的意圖？」

「對。像是展現出創作者想做出怎樣的迷宮，那會彰顯在某一處喔。」

譬如說，有一座為了守護寶藏的迷宮。

迷宮途中會出現大量陷阱與魔物，讓冒險者難以前往深處。

「還有讓魔物們當作棲息地建成的迷宮。那裡是迷宮兼住宅，因此會盡可能形成方便居住的構造。」

「住、住得很舒適的迷宮嗎？」

法蘭莎知道那類型迷宮的存在。

只是，她並沒有思考過當中蘊藏著什麼樣的意圖。

（意圖——迷宮是有意圖的。）

換句話說，學園迷宮同樣如此。

作為學園的設施，想必是以教育為目。

為了鍛鍊學生、引導學生，使學生成長而準備的設施。

（如此思考的話，學園迷宮的意圖是……）

直到最後的最後，教導他們順應的戰鬥技巧？

地下三十層，使用全部階層，只為教導他們在迷宮的戰鬥技巧？

不，不可能。最後的戰鬥對象竟然是自己本身，這場戰鬥肯定顯示出迷宮該有的必要性。

因此，藏匿在那個場所的意圖究竟是——

「該不會……！」

「看來妳察覺到啦。」

貴大咧嘴微笑。

法蘭莎露出愕然的表情。

貴大又笑了，訴說著她察覺到的真相，也就是學園迷宮的意圖。

「和妳想的一樣。直到最後的最後，迷宮準備了另我的理由。」

「是為了讓自己否定自己，對吧？」

「妳果然很聰明。」

貴大頷首。

「沒錯，那個學園迷宮是為了讓你們在最後否定自己所準備的。」

「在上層部學習基礎，在中層部養成應用技巧，在下層部面對強敵。」

「突破所有試煉的人，再告訴你們『你這傢伙還差得遠呢』。讓你們明白自己還不成氣候，還只是隻雛鳥。」

「……是的。」

這兩星期內，他們刻骨銘心地理解了。

另我就是為此而準備的魔物。並非只是單純的強敵，而是以教育目的為意圖所準備的魔物。法蘭莎沒有察覺這點，只一味認為對方相當棘手。

「另我就是我們自己本身對吧。」

「沒錯。」

「或好或壞，都是自己。絕對不只是單純的理想姿態。」

「看來妳明白了嘛。」

「那麼，勝過自己的智慧與力量則是……」

陷入深思的法蘭莎忽然站立起來，離開座位。

接著她展露出與方才截然不同的明亮神情，直接走出起居室。

「謝謝您，老師！我之後一定會帶給您好消息！」

以上是法蘭莎留下的話語。

是恰到好處褪去緊張感的話語。不再有過剩的自信。

「看她那樣，應該能順利吧。」

貴大自言自語，即使喝乾的是冷掉的茶，他仍感到鬆口氣。

—6—

「那麼，開始吧。」

刀劍出鞘，從左方揮舞至右方，而後擺起架式。

（果然。）

「怎麼了呢？妳不過來的話，就由我先展開攻勢嘍！」

動身時，會有稍微彎曲手臂的習慣。

（這點也一樣。）

「喝啊啊！」

避開突擊而來的另我，法蘭莎拉開寬敞的距離。

但是，她不反擊。現在是必須集中精神觀察的時候。要攻擊的話，之後再進行——

「哎呀，真是膽小呢。一點也不像我喔。」

「…………」

「不回答我嗎？那麼，我就讓妳吟唱個防禦魔法吧。」

另我從皮帶中抽出短杖，創造出火球。

那副稍微裝模作樣的動作，如出一轍到惹人生厭。可說是完美複寫了她本身——名為法蘭莎·德·費爾迪南的人。

（沒錯，完美地複寫了。）

那正是另我足以稱為缺點的要素。

「接招吧！【火焰領域】！」

冒牌貨法蘭莎施放了巨大火球。

金色的頭髮，毫無汙點的實習制服，全被火焰美麗地映照著。

然而真正的法蘭莎並不需要這種姿態。即使沐浴在火焰當中，此刻，她需要的是緊咬敵人不放的氣概。

「什麼……！」

法蘭莎不防禦、不躲避逼近的巨大火球，以一線之隔的間隔飛越過去。

如此極近的距離無法防禦【火焰領域】的熱度。頭髮燒焦、肌膚燒燙，即使如此法蘭莎

仍向前進。

「唔！」

「太慢了！」

另我無法跟上這出乎預料的舉動。

那反應無疑是她本身，是法蘭莎本人。

（首先是第一刀。）

「得手了！」

「唔唔……！」

法蘭莎的劍撕裂了另我。

不過，太淺了。頂多稍微砍到手臂，無法促成致命傷。

（看來我的覺悟還不夠呢。）

法蘭莎一面自省，不敢疏忽地拉遠距離。

另我以憎恨的神情瞪視著她。

「哎呀，好可怕的臉。」

「唔……竟然做出那種有違淑女的舉動……！」

「被自己給貶低的感覺，很奇怪對吧？」

「住口！給我住口！」

再也無法游刃有餘的鏡中倒影大吼。

然而那副模樣也是法蘭莎的一部分。

既高傲、優雅且美麗，同時也脆弱、嬌柔的法蘭莎。

那也是法蘭莎的其中一面，複製此特徵的另我，果然是「完美的複製魔物」。

「我還不夠成熟。即使說出這種話，我自己的缺點，還有弱小，仍難以獲得認同。」

「沒錯，無法獲得認同。理由就在於我是……」

「法蘭莎·德·費爾迪南。」

「因為我是擁有光榮驕傲的，大公爵家的女兒……！」

因此非得保持優秀不可，不容許失敗。

另我是法蘭莎理想中強悍的自己，同時，卻也令人悲哀的是她自己本身。

這個魔物甚至忠實重現了法蘭莎的缺點。不，應該說是太過正確地重現，導致缺點反倒被缺點本身限制住了。

（如此一來，我沒有輸的道理。）

對手是不肯承認弱小的法蘭莎。

而她自己則是承認了弱小，打算克服難題的法蘭莎。

兩邊都是貨真價實，毫無虛假的真心。然而，此時此地，打算做出改變的只有真正的法蘭莎。法蘭莎將藉由勝過自己的智慧與力量，擊潰另我。

「我要上了。」

「來吧，放馬過來！」

方才的攻守已經對調，這次由法蘭莎施展攻擊。

另我以理想的舉動進行迎擊。不過法蘭莎卻巧妙突入對方的疏漏，並嘗試減少自己同樣的缺失。

「【魔法防護罩】。」

「【火焰連射】！」

「【反射火焰】。」

「【爆風噴射】！」

即使轉移到魔法對決也是如此。

喜好氣派魔法的這項缺點，另我也忠實地重現了。

一面苦笑著這樣的自己——法蘭莎迅速揮舞短杖，悄悄發動之前設下的魔法。

「【束縛陷阱】。」

「什麼……！」

戰局一旦拖延，就會朝對手的右方進攻。

這也是法蘭莎的壞習慣。她剛才湊巧察覺了。

另我果然是她的鏡中倒影。長處與短處都清楚展現出來了。接下來只剩下是否願意承認缺點而已。

「接招吧！」

「等……！」

「【盾牌猛擊】！」

「嗚啊啊啊啊啊啊！」

向無法妥善活動身體的對手，以盾牌重擊。

另我的腳邊遭受生長而出的荊棘束縛，甚至無法被撞飛，渾身承受了【盾牌猛擊】的全部衝擊。

法蘭莎認為這是卑鄙的攻擊。骨頭碎裂的觸感甚至讓她感到嫌惡。

「妳、妳這樣也算是貴族嗎？」

「什麼？」

「像這種野蠻的手段，這是貴族該……！」

瞬間，凝聚著魔力的刀刃閃爍。

【力量刃擊】的連擊，切斷了另我的咒罵聲。

接著法蘭莎獨自站立在迷宮最深處，以優雅的動作將長劍納入劍鞘。

「沒錯，這樣也是貴族。」

她如此斷言。

幕間劇「隱藏迷宮與偉大之人」

「哦～好狹窄的房間。」

法蘭莎擊敗另我的隔天。

貴大來到學園迷宮最深處，上述的ＢＯＳＳ房間。

「另我就在這裡啊。」

真是令人懷念的名字。

在「Another World Online」裡，由ＡＩ操作的複製魔物。

那隻魔物在這裡成為最後的鐵壁，使學生們叫苦連天。

「還真是設想周到。」

王立學園的學生們自尊心甚高，也擁有強烈的菁英意識。

為了挫挫他們的傲氣，才會在最後派出另我。

「不承認自己的弱小就無法擊敗的魔物啊。」

敵人正是自己本身，在這個樓層必須與自己戰鬥。

「好啦，差不多要出來了。」

石板地面的縫隙之間浮現出類似煙霧般的東西。

另我要登場了。接著眨眼間，現場將會出現另一個貴大。

「總不能只有我一個人不戰鬥嘛。」

再怎麼說他也是負責實習課程的講師。

不，他不是要偷懶。只是始終找不到機會戰鬥，才不是覺得排隊挑戰很麻煩——

「咦、咦咦咦咦？」

逐漸濃密的煙幕，照理說會形成貴大的姿態才對——

煙霧卻扭曲變形，不知怎的變成一個禿頭大叔。體型又矮又胖，卻穿著莫名剪裁良好的燕尾禮服，仔細繫上蝴蝶結領帶，嘴巴則留著氣派的翹鬍。

怎麼看都是副偉大高官的模樣。

貴大卻對這個人沒有印象。

「你、你是誰……？」

他一面嘗試發問，一面心想快點落跑是不是比較好。

貴大如此思考時——

『你是勇者嗎？』

「咦咦？」

『還是說，你是有名的武者？無論如何，歡迎你，強者。我是初代學園長，「格蘭菲利亞王立學園」的創立人。』

「喔、喔喔。」

『沒什麼，用不著擺出架式。我不是幽靈，當然也不是惡靈喔。是為了管理這個迷宮而殘留下的，類似一種思念體的存在。』

「請問那和幽靈有什麼分別……？」

『…………』

「…………」

『好了，我們言歸正傳。』

「別扯開話題，老頭！」

初代學園長華麗地無視了貴大的吐嘈。

身體彷彿幽靈般透明，禿頭紳士撫摸著自豪的鬍鬚，繼續說道：

『你真強悍呢。等級看起來超越了兩百級。』

「唔！為、為什麼你知道？」

『很簡單啊。像你這樣的強者來到這裡時，我就會代替另我現身。』

「啊？為了什麼？」

『那還用問嗎？當然是為了引導強者，讓他們更上一層樓！』

初代學園長說道，並彈了個響指。

同時，單調無趣的房間裡，浮現出立體影像。

「這是……？」

是迷宮嗎？可是和學園迷宮的構造不同。

『是格蘭菲利亞迷宮。』

「格蘭菲利亞迷宮？」

『沒錯。這塊土地原本存在的東西。是被封印在地下深處，神靈統治時代的迷宮。』

「原來存在著那種東西嗎？」

『存在過。我們伊森德人不過只是在這之上建築了都市而已。』

「真的假的啊……！」

『真的。哎呀，該怎麼說呢，真沒想到迷宮的能源能夠挪用到現在的基礎結構。』

「你是寄生蟲喔！」

如今才被揭開的衝擊真相！——雖然沒有誇張到那種地步，不過算是滿重要的王都真相。

學園迷宮與街燈，以及配給到各家庭的魔石，能量源頭究竟在何處——原來是在地下。是從地底下的迷宮，彷彿從井底般汲取出魔力。

『不過，由於迷宮本身過於危險，至今為止都沒有真正著手接觸就是了。』

「這麼說來也是啦。神靈統治時代的迷宮，聽起來就很恐怖啊。」

『沒錯。我的同事也抱持著興趣走進迷宮……之後被人找到時，是一副在教育層面上相當不好的模樣。』

「是啊，多半會變成那樣。」

一般而言，迷宮的魔物會比地上的還強悍。

何況還是神靈統治時代的迷宮，棲息在那裡的魔物更不是同個格調。

平均等級不到一百級的人，想必怎樣都無法與其抗衡。

『不過，我很高興！苦苦等待數百年，王國終於得到了像你這樣的人才！』

「啥？」

『不滿足於高等級，渴望更加強悍而挑戰另我的年輕人啊。隱藏迷宮就是為了像你這樣的強者而存在。』

「咦、咦咦？」

初代學園長不知為何格外熱血，甚至流下了眼淚。

他究竟在說什麼啊？

接下來他到底想做出什麼舉動——

『很好。那麼，我就招待你前往真正的學園迷宮吧。』

「等、等一下。」

『年輕人，你要變強啊。變得更加厲害，再回到這裡吧！』

「你到底在說什麼……」

貴大打算逼近對方時——

轟隆！

發出巨響，BOSS房間的地板全部脫落了。

「什麼？什麼啊啊啊啊啊啊啊啊啊！」

幽靈般的紳士沒有動作，依舊輕飄飄地浮在空中。

貴大卻不斷墜落。從地下三十層摔落到更深層、更深層更深層的地底下。

「喔哇啊啊啊啊啊啊啊啊啊！」

大洞途中變成了描繪出螺旋形狀的溜滑梯，將貴大帶往某處。

不，並不是某處。如果初代學園長說的是真話，在前方等待著他的——

「唔呸！」

貴大砰地在空中被拋出去，直接撞上地面。

他一面吐出滲進嘴裡的土砂，搖搖晃晃、脫力地站起來。

「到、到底是怎樣，那個大叔……」

再怎麼說也太唐突了。貴大根本連YES或NO都沒說。

然而自己卻摔到地洞裡，還被帶來這種地方。真是沒常識的大人。那傢伙真的是教育家嗎？

「給我等著，我現在就回去抱怨——」

他想這麼說。他本來想這麼說，只是——

「吼嚕嚕嚕嚕……」

「…………嗯？」

抬起頭來才發覺。

這裡是有點像羅馬競技場的場所。

並且這裡有著看似凶暴的魔物，用充血的眼神盯著貴大瞧——

「等、等一下等一下等一下——！」

現場聚集著等級兩百級的魔物群。包圍著貴大，散發出殺氣。

然後深處還有著等級兩百一十級的特殊魔物，擁有著宛如巨大雕像般的貝希摩斯幼體型態，嘴裡呼出火焰般的氣息。

「暫停！暫停！」

貴大死命制止，魔物們卻完全無視。

數十隻魔物一齊湊上前，貴大不禁發出慘叫。

「你可以的。你辦得到。好了，擊倒湧上前的魔物，變得更加強悍，成長為更加堅韌的人吧！」

「這可不是無雙遊戲啊啊啊！」

貴大從道具欄位裡取出最強裝備，開始迎擊魔物。

法蘭莎稱霸了學園迷宮。認同自己的弱小，抵達了更高的領域。

不過，貴大的戰鬥才正要開始。他的真正價值，將受到眼前封印的巨大迷宮所考驗。宛如行走在無止盡的漫長坡道般，他將不斷地與魔物戰鬥——

「哪可能在這裡結束啊啊啊！」

敬請期待佐山貴大老師今後的活躍。

END

第三章　謎之遺跡篇

—1—

能聽見敲鐘聲。

從遠方能聽見運動社團的呼喊聲。

「喂，快起來啦。你要睡到什麼時候啊。」

「……嗯。」

他究竟是什麼時候睡著了呢？

教室內除了自己和朋友，沒有看到其他人的身影。

「現在不是悠哉睡覺的時候吧。好了，快點回去嘍。」

「啊，嗯。」

被搖搖肩膀後，他站起來。

教室被夕陽染紅，這個稍微陰暗的場所，令貴大感到既熟悉又親暱。

（這裡是……）

明志高級中學。

被人們熟稔地稱為「明高」的公立學校，已經是他見慣的場所。

只是，到底是為什麼呢？唯獨今天，莫名地令他感到懷念——

「今天要在ＡＷ做咖哩吧？要沒時間嘍。」

「你說得……沒錯。」

特徵是捲翹的頭髮和眼鏡的友人。

他穿著學校指定的外套，催促著貴大。

（他說得沒錯。）

在假想現實世界吃的咖哩，會是什麼樣的滋味？

感到好奇的他們，在這一星期內不斷蒐集辛香料。

登入「Another World Online」，一味狩獵著加尼夏地區的香料怪獸。為了想嘗試各種口味，蒐集大量香料，終於在前幾天回到了他們的據點。

接著，今天終於要製作咖哩了。

（嗯，我想起來了。）

迷濛的意識逐漸清醒。

惺忪睡眼也變得清晰，能看清楚身邊的友人了。

（……但是——）

總覺得有哪裡不對勁。

感覺似乎遺忘了什麼，好像有哪裡怪怪的——

「我說啊，優介。」

「怎麼了？」

「我總覺得好像忘了什麼。」

「啊？作業嗎？」

「工作……之類的。」

「工作？」

頭髮亂翹的少年露出呆滯的表情。

然後他忍不住笑出來，一面發笑一面拍打貴大的肩膀。

「哈哈，怕麻煩的你哪可能會工作啊！」

「不是啦，呃，是沒錯。」

「你是夢到奇怪的夢了吧？」

「夢……」

或許是這樣。

他不小心把夢誤認為是現實了。

（沒錯，那是夢。）

迷失在遊戲世界裡什麼的，聽來簡直荒唐滑稽。

何況，作為夢境的證據，就是他完全想不起來在那裡做了些什麼事。

充其量不過如此。沒有必要在意。

「回去吧。」

「嗯，回去吧。」

（回去我的家。）

於是貴大與友人一起邁向夕陽的街道。

他已經無法回憶起夢境的內容了。

—2—

（到底是怎樣啊……）

明明是很簡單的委託才對。

連小孩也能輕易達成的「工作」，美其名為護衛的「保姆」。

當中不知出了什麼問題，如今調查隊分別遭到阻斷，無法與地上的人取得聯絡。通路四處出現魔物，原本毀壞的陷阱，全都再次啟動了起來。

（這裡難道不是「遺跡」嗎？）

所謂的遺跡，是指機能停止的迷宮。

失去作為動力能源的迷宮之核，化為普通建築物的迷宮。

這種地方不會出現魔物。機關既不會起作用，也不會孕育出貴重的素材或寶物。

沒有好處，卻也沒有危險。單純只是迷宮最終的末路。

這就是世間一般所認知的遺跡。

（照理說是這樣才對……！）

通路的魔石卻點燃出光亮，魔物們在光芒下闊步走動。

這正是如假包換的迷宮，並且是正處於運作中的光景。與事先聽到的說法完全不同，活生生的迷宮就出現在眼前。

（該怎麼辦……？）

是遺跡起死回生了？又或是有人將其再次啟動？

無論如何，這裡都是迷宮，而自己則與同伴分散，陷入獨自一人的狀態。

該等待救援嗎？還是積極地展開行動比較好？

紅髮的冒險者——艾露緹，躲在角落的陰影，暫時陷入深思——

「呀啊啊啊啊啊～～～～～！」

「……嘖！」

看來她沒有時間思考了。

朝尖叫聲源頭飛奔出去後，她看見一名少女正往這裡逃過來。

對方是調查隊的一員，也就是艾露緹的護衛對象。

尚留一股稚嫩感的少女，名字叫做莎莉耶，她栗色的髮辮散亂，拚命地奔跑。而在她後頭，魔物的身影正高舉拳頭——

「該死！」

潛伏的艾露緹從二樓衝出來，跳躍下沒有天花板的一樓。

莎莉耶剛好抵達正下方。而追逐來的魔物們，正巧也在艾露緹的眼前、腳邊的位置。

艾露緹像是要阻擋般，在那裡著陸。

接著立刻向前轉，繞到打頭陣的魔物背後。

「嘎啊！」

首先是第一隻，將最後端的魔物解決掉。

她起身的瞬間立刻將小刀插入魔物胸膛，而抽刀的動作同樣刺向魔物的背後。

穿著奇妙服裝的紅色小鬼，名為學園哥布林的魔物們，因突如其來的襲擊而亂了陣腳。

哥布林們從莎莉耶身上移開視線，轉而注視襲擊過來的少女。趁著空檔，艾露緹又第二次、第三次揮舞小刀，接連揮砍魔物的手與腳。

「啊嘎！」

「嘎啊啊啊！」

只要瞄準要害，一擊就可以打倒。光是揮砍，魔物們也只能發出慘叫。

也就是說，這些魔物的等級和艾露緹處於同水準。

剩下三隻，魔物以燃燒著憎恨的眼神注視艾露緹。

「嘎唔唔唔！」

儘管穿著學生般的衣服，本身仍是哥布林，這是不變的事實。

揮舞利爪，暴露出牙齒，魔物們逼近艾露緹。

不過，無法命中。艾露緹作為「輕游擊手」可是身手輕盈矯健，如疾風般的戰士。她以宛如雜耍般的敏捷動作，朝上方或朝橫邊移動。

「看招！」

使用小刀突刺。然後使用【獵首】，一擊必殺的即死技能。

接連不斷的攻擊，學園哥布林們唯有被玩弄的份。

而後一隻、兩隻，數量逐漸減少，只剩下最後一隻——

魔物發出巨大的吼聲。

「啊喔喔喔喔喔喔喔喔喔喔喔喔喔喔喔！」

「…………唔！」

【咆哮】。多數魔物都會使用，以自己的聲音作為攻擊。

彷彿連迷宮都撼動的大音量，艾露緹戛然停止動作。

耳膜簡直要破了，加上聲音的震動導致身體退縮，少女甚至要鬆了手中武器。

好機會。這次輪到我們展開攻勢了。

魔物沒打算放過捕捉到的好時機，大大揮舞手臂。

「嘎啊啊啊啊啊啊啊啊！」

「呃！唔喔喔喔喔喔！」

猶如猛捧的一擊。

接著是艾露緹迎擊這一招、宛如從下方深挖而上的攻擊。

一瞬間的交錯，相互重疊的殘影，不久後，其中一道影子崩落——

「……呼！」

稱霸戰鬥的，是紅髮的少女艾露緹。

她成功做出優秀的回擊，然而時機緊迫，太陽穴附近割出了一道深深傷口。艾露緹用手帕按住傷口，同時從腰帶裡抽出「回復藥」的小瓶罐。

「啊──可惡。最後出了點錯。」

她拿開染成紅色的手帕，像是清洗傷口般倒下「回復藥」。

冰冷的藥液滲入傷口，然而，她也已經習慣──

「治、【治癒】……」

「啊？」

回過頭，她看見莎莉耶正伸出雙手。

她的手上散發出溫柔的光芒，光芒包裹艾露緹的傷口，逐漸將其治癒。

「妳會使用治療魔法啊。」

「咿！」

對方多半還陷在被魔物追趕的恐懼感之中。

艾露緹也明白這名出身上級區的千金小姐，正在害怕粗暴的冒險者。

即使如此，她仍忍耐著幫艾露緹治療，這點是不變的事實。面對怯弱地向後縮的莎莉耶，艾露緹一面發出嘆息，同時向她道謝。

「謝謝妳啊。」

「是、是的……！」

對方那怯生生的態度，令艾露緹又發出嘆氣。

不過，莎莉耶是相當重要的委託護衛對象。她有必要挺身而出保護，即使是拖著對方走，也有必要將其帶往安全的場所。

（……我有辦法做到嗎？）

在這麼詭異的迷宮裡，帶著隨時都快要暈倒的少女，前往連自己都不知道在哪兒的出口。語帶保留講的話是很困難，坦白說的話是她沒自信。她實在無法預料到會演變成這種情況，也不知接下來該如何行動。

（為什麼會變成這樣？）

艾露緹發出第三次的嘆息，倚靠在牆壁上。

她回想起數天前，與家人們共享晚餐時的事情。

「艾露緹，妳差不多也能夠著手搭檔的工作了。」

那天夜晚，父親說了這類話。

「老公，這對艾露緹而言還太早了啦。」

「不，反倒說還太遲了。這孩子的等級可是超過一百級了喔。」

「但是這麼著急也……」

愛操心的母親，委婉地阻止父親。

那也情有可原，她無法讓艾露緹這樣的少女做那種事。

冒險者這職業自然會伴隨許多危險。與魔物戰鬥而身負重傷，直接喪命的例子大有人在。

正因如此才會組成隊伍，成立公會——

但也沒必要刻意以少人數來進行活動。母親是這個意思。

「但是啊，老婆，這是每個人的必經之路啊。」

「老公。」

「如果想以冒險者的身分成就大事的話，至少該這麼做。」

這世上存在著要求少數精銳的委託。

並且也存在著足以勝任此委託的冒險者，當然也有力量不足的冒險者。

在這當中，艾露緹想成為哪種人？庫林格是在詢問她這點。

要在這裡不接受挑戰而退後，或是接受挑戰、邁向新的階段——

艾露緹早就決定好答案了。

「媽媽，我想試試看。」

「艾露緹？」

「我知道媽媽是在擔心我。我當然還記得我差點被憤怒的惡鬼殺掉時，妳哭了的事。」

「那妳為什麼還……！」

「但是，媽媽，我是冒險者。雖然是女人，身體也很嬌小，但我也是公會的一員。是冒險者啊。」

「我當然知道呀，不過妳也明白吧？再重新思考吧？和搭檔工作，可以等長大一點了再決定也不遲。」

「媽媽。」

「艾露緹。」

「抱歉……」

她已經下定決心了。

從眼睛深處感受到強韌的意志，艾露緹的母親語塞。

（這孩子一定還會做出危險的事情。）

與魔物對戰，潛入恐怖的迷宮裡，做出許多接連造成新傷口的事情。

那是冒險者的工作，也是無可奈何。那個世界視打打殺殺為家常便飯，身為工藝師的她明白自己無法想像。

所以她才想阻止。阻止艾露緹，希望艾露緹在城鎮裡生活。

然而，母親也深刻明白自己的女兒並不是那種孩子。

「我知道了……我認同妳。妳去挑戰搭檔的工作吧。」

「媽媽！」

「但是只有一點和我約好！不可以勉強自己！不要自己去靠近危險的事情！可以吧，艾露緹？」

「我、我知道啦。」

艾露緹被母親的怒容給震懾，搖搖晃晃地頷首。

不過，她認為工作暫時不會陷入水深火熱。

（無論是什麼，最一開始都是從見習開始嘛。）

搭檔的工作盡是高難度的內容。

唯有搭檔彼此扶持，相互合作才有辦法達成。

正因如此，沒經驗的人才不會突然就投入這類工作。根據公會的基本形式，首先會透過簡單的委託讓當事人習慣，再進一步提昇難度。

（反正也是去低等魔物的巢穴偵查，或是打倒程度稍微棘手的對手吧。）

擔任她搭檔的對象，多半也是相當有經驗的熟練者。

假若艾露緹做出了失態舉動，也能輕易挽回才對。

（總之，也好。）

再怎麼寒酸的工作都好。被分配了一個像是保姆般的搭檔也行。

她要從現在開始，朝更高的目標，一步一步向前邁進。

（好了，給我等著吧！）

在無法預見的未來裡，她一定要變得比現在還要強悍。

艾露緹立下如此誓言，期待及興奮使心跳加速——

但是——

「為、為什麼你在這裡啊！」

首次與搭檔聯手工作的日子到來了。

抱持些許緊張的心情前往集合地點，那裡竟然有貴大的身影。

「該不會，你……你是我的搭檔？」

「好像是這樣沒錯。」

「騙人的吧啊啊啊……！」

沒什麼幹勁的黑髮青年，他才不是冒險者。

他是萬事通。住宅區裡的萬事通店主。以前雖然擔任過冒險者，但引退後也經過一段時間了。

（那種傢伙，偏偏是我第一次工作的搭檔……？）

艾露緹無法相信眼前的現實。

明明如此，貴大卻一面打著呵欠，道出令她失望的話語。

「哎呀，別那麼嫌棄啦。遺跡調查很快就會結束了。」

「遺跡？遺跡是怎麼回事！我、我是要去探索迷宮！」

「妳當然是被騙了，畢竟庫林格那傢伙也很寵妳。」

「要去遺跡？我？去那種鳥不生蛋的地方？」

「沒錯。是騎士團也會同行的學術調查。我們兩個也被塞進隊伍裡了。」

「啊啊啊啊啊……！」

她興高采烈地來到這裡，簡直像是個笨蛋一樣。

確實，仔細一看，城鎮的廣場裡也有騎士團的馬車。

她原本以為那與她毫不相干——看來不是這麼一回事。

「哦，是妳呀。好久不見了。」
「妳、妳是！」
「接下來三天，就拜託妳啦。」
接著見到的是身穿白袍的精靈。
黑髮，戴著眼鏡，實在不太像是精靈的精靈。
這個名叫埃爾的天才學者，正將騎士拿來的文件做出某些註記。
「我很期待妳喔，說什麼也是前途有望的冒險者嘛。希望妳的力量能夠在遺跡調查中徹底派上用場。」
埃爾定睛在文件上，說出這些話。
艾露緹再怎麼狼狽，仍殘留一絲追究對方的膽識。
「到底是怎麼回事！難道不是去迷宮嗎？」
「不是喔。是要去『前身是迷宮』的遺跡。妳沒聽說嗎？」
「聽都沒聽過！我只知道是探索迷宮——」
「正確而言是遺跡調查，並且由妳和貴大負責擔任我們的護衛。就拜託你們跟我們一起進入迷宮，確認裡頭有沒有殘留陷阱了。」
「什麼跟什麼啊啊啊啊……！」

似是而非。

看似相同，實則不同。

迷宮與遺跡的關係彷彿如此，艾露緹想像的工作與本次的工作，兩者之間的危險性也判若雲泥。當然，工作的安全性越高越好，不過凡事都有個限度。

陪伴學術調查，這種工作連初出茅廬的冒險者都辦得來。

這可不適合作為她值得紀念的第一步、初次與搭檔執行的工作。

「……我要回去了！」

艾露緹氣著打算回去。

褐色的肌膚漲起紅潮，她大步大步地闊開步伐離去，只是——

「回去的話，會影響到妳的資歷喔。」

「唔！」

「勸妳放棄，乖乖認命比較好喔，我說真的。」

雖說是欺騙，這可是正式的委託。

一旦承接就有達成任務的義務。即使打算拒絕，也需要充分的理由。

因此艾露緹一面發出哀號聲，在現場不斷轉著圈子，頭上甚至冒出熱騰騰的蒸氣——

不過最後，她還是乖乖地坐進馬車裡。

「開車吧！」

配合埃爾的叫喚聲，車夫揮舞轠繩，駛動馬車。

騎士團的馬車也會合了，為了離開城鎮，調查團暫時會在大街上行進。

「好了，把書拿出來吧。」

「妳也太突然了吧，稍微忍耐點啦。」

「你以為我是為了什麼才把你帶過來的？」

「原來不是護衛和調查之類的嗎……真是的。」

四人座的馬車車廂，埃爾和貴大不知怎的開始你一言我一語。

艾露緹憂鬱地望向車窗外，她身邊的埃爾則揚起奇怪的聲音。

貴大則是以坐著的狀態開始打瞌睡，他身旁的栗色頭髮少女——

「那、那個！」

「……啊？」

「我是實習中的圖書管理員莎莉耶，波爾特。本次擔任埃爾博士的助手，也會跟大家一起前往遺跡。」

「這樣喔。嗯，妳加油。」

艾露緹胡亂地打量莎莉耶。

看來就是上流階級，沒見過世面的少女。

她很適合貝雷帽，也適合那身學生般的衣服。

（像是小狗一樣。）

感覺無益地親近人，也無益地膽小。

要帶這樣的孩子前往調查嗎？看來是會帶去吧。即使帶對方前往也沒關係，遺跡這種場所就是以這般不具危險性聞名。

（根本是去野餐嘛。）

邋遢青年、瘦過頭的學者、圖書管理員的實習生，以及半吊子的冒險者。

這四人在騎士團的守候下，一路前往遺跡的方向。

為了學術調查與護衛，搭乘搖晃的馬車南下。

那是始終安全，幾乎讓人鬆下心房的旅程——本該如此。

—3—

「【雷射之雨】！」

「【緋紅刺擊】！」

光線如雨點般降落，接二連三燒盡成群的亡者。

而後宛如填補雨點的空隙般，黑影連續給予亡者最後一擊。

在這月光照亮墓地，詭譎怪物四處徘徊的地方，魔法師與暗殺者好似踏著舞步般攻擊敵人。

打倒襲擊而來的喪屍、盤旋於夜空的吸血鬼，以及纏繞著妖異火焰的不死者。一面降下光之雨勢，赤色刀刃陸續擊殺敵人。

「啊喔喔……」

而後，第三場雨勢停歇時，亡者們已經全數滅亡，連灰都沒剩下。

率領亡者們的詛咒巫妖，也在剛才被燃燒的【緋紅刺擊】給貫穿而消滅。

確認擊敗敵人，少年們放下魔杖與短劍——

「呼~成功了！」

「是啊！就算只有我們兩個也能辦到！」

貴大與優介一齊揚起歡聲。

這個討伐亡者的高難度任務，本來需要四個人來挑戰，他們卻光靠兩人就達成了。獲得的成就感無以言喻，兩人像是笨蛋般相互歡笑好一段時間，稱讚彼此的手腕。

「真的是不試試看不知道呢。」

他們懷有自信。兩人意氣相投，為了這天也努力練習了。

聽從老手的建議湊齊裝備，也學會了一些對不死者有效的技能。

作為戰果，他們獲得了勝利。即使只要犯下一次失誤就會被擊潰、極為危險的戰鬥，他們總算達成了任務。兩人怎樣也無法停下伴隨著笑聲湧出的喜悅。

「那～麼那麼那麼！上級職種要選什麼好呢！」

「果然要選『魔法支配者』嗎？」

「那個確實也很厲害！特定強化攻擊力超浪漫的啊。」

「我要選什麼才好呢……」

「『制裁者』怎麼樣？特定強化暗殺能力也很浪漫喔。」

「說得也是。」

在月夜下的草原漫步，兩人閒聊著之後的事。

最上級的職種要選擇哪種職業，等級提昇到兩百級後要去哪裡，新裝備要在哪個城鎮湊齊——

話題永無止盡，笑聲也源源不絕。儘管大多都是平淡無奇的話題，那也令他們無比愉快。

（好快樂……沒錯，那時候很快樂。）

不光是提昇等級，或是與魔物戰鬥而已。

也會製作咖哩、參加露天市集，就算身在假想現實中也試著踢了足球。

這些日常無與倫比地快樂。即使是在遊戲世界中，他也打從心底感到喜悅。

（是啊，沒錯。）

最近，生活中也出現了幹勁。

雖說沒有女朋友，每天都是在念書，但現實與假想世界中都過得很充實。

幾乎每天都能在歡笑中度過。對將來確實也有不安，但他可沒有抑鬱寡歡的空閒。

這些全都是——

（全都是託你們的福。）

（對吧？優介、小蓮。）

「……！」

終究保持默不作聲的狀態，削砍學園哥布林的咽喉。

含糊不清的死前慘叫聲，使掩住對方嘴邊的布為之震動。環繞起的手臂，感受到巨大的痙攣——

費不了多久時間，穿著學生服的魔物們斷絕性命，化為魔素的煙霧消失了。

「呼～……這樣就結束了吧。」

附近的魔物，看來這是最後一隻了。

至少艾露緹的索敵技能沒有起反應。感受不到氣息與聲音，也沒有新敵人出現的預感。

總之，暫時可以確保安全。如此心想也不為過。

「喂，出來吧。」

她向走廊呼喊，莎莉耶從教室裡畏畏縮縮地走出來。

她縮著身體，四處張望周圍的模樣，不知怎的令人聯想到小動物。

「請、請問已經沒有魔物了嗎……？」

「是啊。我全部打倒了。」

沒錯。至今為止的路途上，魔物全都是艾露緹打倒的。

「輕游擊手」特有的敏捷身體，與【獵首】為首的暗殺之技。以兩者為武器，她並沒有遭受什麼反擊，突破重圍。

（雖然一點也稱不上勇猛就是了。）

這些技能在本次起了良好作用。假若艾露緹與和她相同等級範圍的魔物正面硬碰硬的話，如今恐怕早就因為受傷與疲勞而無法動彈。

一思及此，她開始認為模仿斥侯職種的行事作風也不全然是壞事——

（尾隨那傢伙時的技巧派上用場了。）

艾露緹小小地咂嘴。

浮現在她腦海裡的是那個黑髮青年貴大。

多虧始終追隨在他後頭，她的追蹤技術與隱匿技術格外進步——

不知怎的還順便學會【潛行】與【消音】這類技能，只是沒料想到技能會在這種地方派上用場。

她思忖著人生真是不可思議，然而一想到這是託貴大（老鼠）的福，卻又感到不平，再次小小咂嘴了一次。

（那麼……）

目前為止，進展很順利。

打敗魔物，在迷宮內前進，盡可能接近了出口。

（有辦法就這樣前往出口嗎……？）

這未免也想得太美了。

不知何時會被魔物察覺，也有可能觸發陷阱而無法動彈。

或許已經有魔物察覺到她的存在，也有可能被新湧現的魔物從後方偷襲。這就是所謂的迷宮，艾露緹深深理解不可以在這裡掉以輕心。

「就、就快要到中央棟了吧？」

「是啊。」

看著描繪在筆記本上的地圖，兩人在教室前低語。

提早出發的調查隊伍已經事先來過這裡了。這裡還是遺跡時，那些隊伍從頭到尾仔細調查，也告知了艾露緹她們地點的全貌。

這個迷宮由三座三層樓的建築構成，建築間彼此平行。各自的樓棟呈現筆直一條線，再由連絡通路串連在一起，從上空眺望而下就像是「E」字形。

根據先發隊伍的調查，這裡似乎是類似學園的地方。有教室與圖書館，甚至還有類似實驗室的房間。

這種地方究竟為何會埋入地面、成為迷宮，並且化為遺跡呢？埃爾對這不可思議的成因感到興致盎然，不過此刻的艾露緹與莎莉耶無暇思考此事。

（從這裡朝西棟前進嗎？）

莎莉耶被襲擊的地方，正面玄關原本是出入口的樣子——

如今那個地方已埋入地面，聯繫外界的只剩下通往屋頂的門而已。而且門只在西棟三樓，與她們的所在地呈現對比。移動到那裡會費一番心力，但艾露緹擔心的還有許多事情。

（可惡！）

艾露緹回想起至今為止通過的道路。

椅子與書桌堆積而上，阻塞了樓梯與通路。諸如此類的障礙物四散，兩人因此無法筆直前往目的地。

因此從中央棟前往西棟時，必須先移動到東棟，從一樓爬上三樓，再降下二樓來到連絡通路前方。面對這種拐彎抹角的路途，以及符合迷宮的構造，艾露緹表現出打從心底嫌惡的神情。

「距離出口的路途……那個，應該不會塞住吧？」

「不知道，我也不知道哪裡還會有路障。最壞的情況，就算會發出巨大聲響，也有必要把路障給除掉。」

「咦！但、但是，如果這麼做的話……！」

「魔物想必會聚集過來。這次恐怕就逃不掉了。」

「……！」

最一開始的戰鬥結束後，魔物們聚集在樓中樓的正面玄關。

是聽聞莎莉耶的尖叫聲而追過來的。所幸，那時候附近正好有可以躲藏的房間，但可不保證下次也會如此順利。若是正面迎戰，艾露緹無法保證能平安無事——

（還有一個可以戰鬥的人。）

有一個可以放心讓對方守住自己背後的人。

熟悉迷宮，等級比自己還高的冒險者。

她不是在渴求不存在的事物，這也不是求神問佛般的願望。那個人如今多半與她們一樣，迷失在這所迷宮。

「放心吧。貴大也在這裡。那個學者老師也在才對。」

「啊！說、說得也是！」

「和那些傢伙會合後，就一口氣離開這裡吧。」

「好的！」

一方是名門學校的講師，另一方則是被譽為天才的「高階鍊金術師」。

他們可不會輕易被魔物擊垮，光是聽見他們的名字，莎莉耶原本不安的表情就消逝而散。

「好了，要走嘍。這附近沒有魔物，沒問題。」

「我明白了。」

艾露緹盡量不想使用「沒問題」這個詞。

不知會發生何事的迷宮裡，一瞬間的大意就足以讓人喪命。

儘管如此，失去希望而陷入悲嘆，進而導致步伐遲鈍，那也會致命。

（只有這傢伙，我必須好好守護著。）

這是艾露緹本次的工作。

她必須守護這彷彿小狗般的少女，直到對方回歸王都。

其實她也必須找到那個名為埃爾的學者，保護對方才對——

然而奢求過多只會淪於喪失。首先必須專注於眼前的職責，一一處理掉問題才行。

（正因為處於焦慮之中，才必須更加慎重。）

冒險者的前輩如此教導她。

現在就該好好聽從這番話，像是老鼠般慎重地行動吧。

「走這裡。」

「好、好的。」

越是前進，越能察覺魔物的氣息。

能夠感受到魔物的氣味及呼吸聲逐漸濃厚。

（看來……無法避免戰鬥。）

她有必要再次從背後突襲魔物。

考慮到萬一，也得思考該如何撤退。

（……情勢很嚴峻嗎？）

實質上，她得獨自應戰。

橫越搭檔的工作，簡直就像是單獨執行任務一樣。

（雖說冒險者的日常生活，就是連續遭遇無法預期的事情。）

但到達這種地步，艾露緹也心想著饒了她吧。

—4—

他隻身一人。

無法遺忘的那天、那時候的那個場所，唯獨他被留下。

他已經沒有任何同伴。

「自由人生」只剩下他一人。

接下來，空虛的日子持續著。

他辭去了冒險者的工作。既然同伴已經不在，繼續當冒險者也沒有意義。

他在大家一起買下的房屋裡，無所事事地度日。

肚子餓了的話才會外出。他毫無自己煮飯的念頭。

即使做了飯菜，也沒有會和自己一起吃飯的人。他在攤販買熟食，隨意填飽肚子。

他冷靜審視著宛如廢人般的自己，發出嘆息對自己說道：

「你這樣不行喔。」

他說：「這樣會被大家取笑喔。」

的確，周遭對他投以的目光確實改變了。

以前就被其他冒險者瞧不起並喚作「老鼠」——

但那個綽號逐漸混雜了侮辱的情感。

附近的鄰居與攤販的店員似乎都對他沒有好感。

那也理所當然。若是有個不好好洗澡，也不妥善打理儀容的男人在路上行走，他自己也會避開對方走過。

儘管也有人直到最後都對他投以善意，他仍將那些溫柔的人們拒絕在外，龜縮在自己的房間裡。

不好好與人對談，無所事事，每天只是活著。

在那無為的日子當中，他與少女相遇了。

留有水藍色頭髮的妖精種少女，與他有著相同的空虛眼神。

看著她，他複雜的情感便在心胸裡捲起漩渦。

好丟臉。令人煩躁。想被滿足。好寂寞。

因此，他——

「嗯……」

不知道什麼時候睡著了。

他抬起貼在桌上的臉，打了一個大呵欠。

剛睡醒，朦朧的視野逐漸恢復——

貴大接著理解到自己處在何方。

「咦！咦、咦咦？」

成套的桌椅，總共三十對。

正面是巨大的黑板，一旁張貼了時間表與行事曆告示。

轉身一看，有個人用的置物櫃，也備有存放打掃用具的櫃子——

「我回來了嗎？」

一瞬間，他如此心想。

他回歸原本的世界了。

從異世界轉移，抵達自己的母校。

然而——

「等等，咦？」

奔跑到窗戶前，他才明白這只是單純的影像。

無機質的石壁上，影像水晶映照出夕陽下的街道景致。

雖然是貴大的母校——明志高級中學的窗戶所能看見的風景，但全都只是影像。

「到、到底是怎麼回事？」

他試著打開系統清單。

與他唸出名字的同時間，發出藍色光芒的面板浮現而上，面板的設計極具遊戲風格。然而這裡是明志高級中學，還是貴大上課時的教室，但是這裡好像又是異世界——

「啊～完全搞不懂！」

貴大搔亂頭髮。

他一邊發出嘆息，粗暴地著手操作系統清單。

「這裡到底是哪裡啊？」

他切換地圖面，尋找自己的位置。

這裡究竟是什麼地方？自己又為什麼會在這裡？

（說起來，我做了些什麼事啊？）

他似乎搭乘了搖搖晃晃的馬車。

馬車降下山麓，他伸手接觸好像在哪見過的門——

（然後就來到明高了？也太愚蠢了。）

可是除此之外，無法做出其他說明。

即使是幻影，地圖卻顯示這裡是「明志高級中學・二年三班教室」。地圖映照的整體影像也是貴大熟知的學校，若說當中有哪裡不同，則是這裡的分類不屬於學校，而是被歸類於迷宮。

（是映照出走進這裡的人的記憶的迷宮嗎？）

他覺得這似乎是「最有可能」的說法。

有魔物會讀取人們的記憶並複製。在這廣大的世界裡，出現與之類似的迷宮也不足以為奇——

（……不對，等等喔。）

他總覺得忘了什麼重要的事。

（迷宮？迷宮是怎麼回事？這裡難道不是遺跡嗎？）

沒錯。他們前往的確實是遺跡沒錯吧？

照理說是如此，如今，貴大卻置身在迷宮裡。重新吹起生息，再次啟動的迷宮之中，貴大就佇立在此。

（別開玩笑了……！）

他想起一切了。

沒錯，進入這個遺跡的瞬間，遺跡就變成了迷宮。

接著傳送陷阱發動，貴大一行人被傳送到某處。

附近沒有艾露緹等人的身影，肯定被傳送到別的地方了。恐怕她們也被分散，像是現在的貴大一樣處於孤立狀態。

「可惡！」

遺跡的話就算了，迷宮很棘手。

內部存在著動力就代表有魔物，陷阱也會啟動。

迷宮為什麼會再次啟動？為什麼會像是算準般挑選這個時機？他不明白，但是——

（情況很糟……！）

包括身為普通人的莎莉耶，就連艾露緹和埃爾也無法保證她們平安無事。

對手可是迷宮裡的魔物。為了排除侵入者而孕育而出，握有一定數量與力量的魔物群集。

在魔物面前，她們究竟能撐多久？

不曉得。恐怕也有可能在貴大沉睡的期間全滅了。

【呼叫】無法聯繫，【雷達】也遭受阻礙。這個迷宮具備了【干擾】機能，貴大更甚焦慮了起來。

（拜託了，千萬要平安無事啊……！）

懷抱著祈禱般的心情，貴大衝出教室。

太大意了。

不，她沒有怠惰於警戒，心靈某處卻出現了破綻。

「嘎啊啊啊啊啊啊！」

「唔……！」

位於西棟的高階學園哥布林，不過是種學園哥布林身上長出毛髮般的魔物。

依然適用於暗殺技能，只要潛伏偷襲對方就不會察覺，這點也沒變。接下來只要一口氣爬上三樓，就能稍微加快速度前進時——

【獵首】失敗了。

僅僅一點動作沒到位，讓暗殺技能無法發動而告終。

「啊啊啊啊啊啊！」

險些遭殺害，憤怒發狂的哥布林極為凶暴。

身高與人類相差無幾，體力卻有天壤之別，哥布林以單手揪住艾露緹的脖子，將她撞上牆壁。

「唔啊！」

衝擊擠出了肺部的空氣。

牆壁迸出裂痕，近處的玻璃破碎，即使如此力量仍無輕減。

「嘰咿咿咿咿……！」

咬緊牙關，嘴角冒出泡沫的哥布林，打算就這樣絞殺艾露緹——

非但如此，甚至還屢次揍向她的腹部。

褐色的肌膚表層醜陋地扭曲，鈍重的聲音響徹在杳無人煙的走廊。

「嘎喝，唔、唔唔……」

紅髮少女最初嘔吐，隨即連鮮血也一併吐了出來。

她拚死抵抗，但即使砍傷對方手臂或突刺眼珠，哥布林仍沒有停止攻擊。

「神、【神聖光束】！」

莎莉耶頂著哭臉，使用魔法援護，但徒勞無功。

遠在哥布林死亡之前，艾露緹就會被魔物殺害。

肯定會被魔物毆打、掐扭、斷絕性命，即使死了，依舊會被繼續毆打。

接著莎莉耶也會陷入相同的下場，身處迷宮的貴大與埃爾也會被投射相同的憤怒。魔物就是這種生物，艾露緹老早就明白牠們的恐怖與凶暴性，然而——

（我卻……大意了。）

她還不成熟。還不成氣候。

等級超過了一百級，心靈與身體卻不足以匹配。

些微的疏忽將會招致滅亡。她明明清楚這點，卻簡直不懂這句話真正的含義。

（我……還是……不行嗎？）

倘若是真正的行家，絕對不會落於這種慘況。

如果是連搭檔工作都有辦法執行的冒險者，一定能更加妥善行事。

她卻無法做到。僅是如此而已。

遑論是否身為公會長的女兒，是否被譽為年輕有望的冒險者，艾露緹能力不足，將會死在這裡。

在這所迷宮之中，是再自然不過的道理。

（但是……）

如果只有自己一人死去，那無所謂。

但她不能因為自己的不成熟，害其他人一同陪葬。

艾露緹擠出最後的力氣，混著血液與唾沫，大聲吼叫。

「咳唔，嘎，快、快點逃走！」

那個人明明可以繼續躲起來，卻偏偏跳出來打算救她。

真是多此一舉。明明丟下自己逃跑就行了。

儘管如此，少女——莎莉耶卻停下腳步，至今也吟唱著魔法。

只有莎莉耶必須得救才行。她得想辦法讓對方回家。

可是這已無法實現。在這期間，同種類的魔物接連群聚而來，情勢更趨近於絕望。

「啊啊！」

從走廊一端跑來的哥布林，捉住了莎莉耶的手。

艾露緹更加被折磨，幾乎要失去抵抗的力量。

「艾露緹小姐！艾露緹小姐！」

莎莉耶一面哭泣，向艾露緹伸出手，艾露緹本人卻已經什麼也無法辦到。

就算處於萬全狀態恐怕也無能為力。若要成功逃離這裡，需要擁有能與她的父親「趕盡殺絕的庫林格」並列的力量。

然而，艾露緹如此無力，而且動作遭受限制，無法活用她敏捷靈活的強項。

換言之，可謂萬事休矣。她們兩個將在這裡死亡，屍體將會被魔物貪婪啃食。

（可惡……！）

為了避免這種情況，她明明謹慎地展開行動了。

但是，就算感到不甘心也於事無補。

再過不到一分鐘，艾露緹她們就會被殺害。

她們所能夠做的，說穿了也只有向神明祈禱奇蹟發生。

「啊啊！啊啊啊啊！」

可憐的莎莉耶發出高亢的號泣。

艾露緹卻什麼也做不到。束手無策，只能在這裡死去。

（對不起啊……）

逐漸朦朧的意識中，她如此心想。

對不起，沒辦法保護妳——她因為失敗而向莎莉耶道歉。

（對不起……）

她為自己逞強向雙親道歉。

我是個沒出息的女兒，又要讓父母哭泣了——她如此道歉。

（……對不起。）

她也因為自己將在這裡劃下句點，而向某些人道歉。

包括以成為一流冒險者為目標的自己，以及共同邁向更大目標的同伴們——
只是謝罪尚未結束，哥布林已對她揮舞最後一次拳頭。

「…………………唔！」

出現某種東西碎裂的聲音。
卻感受不到疼痛。也沒有喪失感。
艾露緹依舊是艾露緹的模樣——仍然，苟延殘喘地活著。
「……咦？」
她不禁睜開緊閉的雙眼。
眼前照舊是不變的高階學園哥布林群——
卻一舉遭到消滅。
「啊啊啊啊！」
莎莉耶發出慘叫。
雙手摀住臉，跌坐在地板上。
她以為是魔物展開了攻擊。誤以為攻擊會襲向自己。

實際上倒下的卻是魔物一方，轉瞬間喪命的哥布林們，化為魔素粒子消散。

（什、什麼……）

發生什麼事了？

她一方面感到不可思議，心中卻湧現出某種確信。

是他。他來了。艾露緹很清楚。正因為是艾露緹，她才明白。

這和遭遇憤怒的惡鬼時相同。

若說為何，畢竟眼前的光景與之前如出一轍——

「…………」

化作煙幕的魔素粒子中，靜靜地佇立一道身影。

魔物原本所在的位置，佐山貴大就站在那兒。

—5—

「慢慢來就好，先喝下這個。」

貴大說道，將「清醒回復藥」倒入莎莉耶口中。

莎莉耶因為刺激的藥味與氣息恢復神智。過於驚恐而茫然迷失的她，這次因為苦澀與酸味而瞠大眼珠。

「艾露緹，妳呢？身體有沒有感覺哪裡不對勁？」

「喔、喔喔。」

多虧貴大灑下的「高級回復藥」，艾露緹的傷口得以療癒。

雖說無法完全康復，但可以靠自己的力量站立行走了。她像是證明這點般踏踏地面，回答貴大：

「應該……沒事了。」

「是嗎？」

貴大簡短應聲。

他的表情緊繃地斂起，眼神毫無鬆懈地審視周圍。

（這傢伙真的是貴大嗎……？）

艾露緹所熟知的貴大，應該是個總是愣愣傻笑的男人才對。

沒有責任感，厭惡麻煩事，像是老鼠一樣狡猾地投機取巧——

他應該是那樣的人才對。這男人，是艾露緹最討厭的類型。

而現在是怎麼回事？如今站在她眼前的，是足以讓周遭空氣震懾顫慄的男人。瞬間殺掉

棘手的魔物，即使如此仍無鬆懈，彷彿老練冒險者般的男人。

但是，不對，無論怎樣的冒險者都不及他。

像那樣轉瞬間一掃大量魔物，連她的父親也無法辦到。

那麼，這個男人究竟是何方神聖？

這頂著貴大的臉，卻擁有絕大力量的男人——

「我、我說啊。」

她從以前就抱持疑問了。

在憤怒的惡鬼事件中拯救自己的冒險者。

那個人就是貴大——艾露緹對此始終抱持著揣測。

然而當中也有著否定的心情，也因為一直稱呼他為老鼠而感到尷尬，怎樣也無法開口詢問——

現在的話，她有辦法問了。

在目睹對方實力的當下詢問，應該不會他被曖昧地敷衍了事才對。

「那……那個啊。」

她始終掛念在心的事情。

救了自己一命，充滿實力，擊敗憤怒的惡鬼的男人。

如今，就在自己的眼前——

「艾露緹。」

「怎、怎麼了？」

突然被呼喚名字，艾露緹縮回伸出一半的手。

她就這樣困惑地握住自己的手。貴大接著說道：

「妳可別搞錯了。」

「咦……？」

「我知道妳想問我什麼。但是，我們正在執行任務，別搞錯了優先事項。如果想問的話，回到地面上再問。」

「唔！……說得沒錯，抱歉，我會這麼做的。」

銳利的聲音使艾露緹回神。

沒錯，即使暫時終結了眼前的危機，這裡仍然處於迷宮內部。

他們可沒有停下腳步、悠悠哉哉愉快閒聊的閒暇。

（沒錯，沒有錯。他說得對。）

身為承接護衛委託的冒險者，最優先的並非自己在意的事物或興趣，而是護衛對象的安全。她以誤解這點為恥，啪地拍擊自己的雙頰，重振心情。

「好，那麼就朝出口前進吧！」

「是啊。」

「我該做些什麼比較好？負責前衛？還是支援？」

艾露緹詢問搭檔。

到了這種事態，她沒有愚蠢到繼續逞強。

她決定順從秒殺魔物的貴大，直直地望著他。

接著，貴大一臉若無其事地承受她的視線——

（唔喔喔喔喔喔！慘了慘了慘了！被發現了被發現了，絕對被她發現了啊啊啊啊啊啊啊啊！）

實際上內心慌亂到不行。

（蒙、蒙混過去吧！跟她說等等再提！蒙混過去吧！）

他心想著，卻也認為力不從心。

即使隱瞞住兩百五十級這種異常等級，他卻已經展現出一定程度的力量了。

事到如今也無法蒙混過去，保持緘默也不可能。

（可惡～……感覺會變得很麻煩啊……）

此刻的情況已經夠麻煩了，回歸王都後恐怕會更棘手。

艾露緹或莎莉耶若是把這件事傳出去，傳聞誇大其辭後蔓延於格蘭菲利亞。最終，貴大會變成什麼樣的存在呢？勇者或英雄？還是神的化身或佛祖？

會被視為相當不得了的存在，進而被方便地使來喚去。

因為有能力所以能者多勞，被逼迫對社會做出貢獻——

（我才不要啊啊啊啊！）

一想到自己會像從前的勇者那樣被迫做牛做馬，貴大可無法置身事外。

他並不後悔搭救艾露緹與莎莉耶，卻也無法表示這行動不會招致任何問題，於是感到心力交瘁。

「走吧。魔物由我負責，妳就好好保護莎莉耶吧。」

最後，貴大決定以離開迷宮為首要目的。

剩下的事情之後再想，首先必須突破這裡。

他一心只有這個念頭，捨棄其他全數雜念。

（公、公會如果又丟了麻煩的委託過來，我絕對要拒絕！）

即使如此，他心中仍多少殘留著這類想法，可謂凡人的悲哀——

就結果而言，集中精神的貴大，可說是異常之強悍。

「喝！」
以肉眼無法捕捉的速度揮舞小刀，揮刀後，什麼也沒有殘留。
高階學園哥布林不構成問題，上級種類的哥布林老大也在出現的瞬間就被斬殺消失。
「能力差太多了……！」
目睹貴大的動作，艾露緹脫口而出不知道是第幾次的話語。
待在她身旁的莎莉耶則彷彿遺忘這裡是迷宮般，僅是呆愣地張開嘴站在原地。
這也情有可原。從會合地點到目前所在地，出現的魔物全被貴大在一瞬間擊殺。不費吹灰之力，哥布林像是被戳破的氣球般接連消失。原以為走廊與教室裡吹拂起一陣黑色涼風，結果轉瞬間魔物們便化為紫色煙幕消散。
恐怕是貴大一面奔跑一面用小刀砍殺魔物所致。
僅是如此就令人無法用視線追捕，僅是如此魔物就煙消雲散。
艾露緹難以相信眼前發生的事情屬於現實。
「好了，解除陷阱了。妳們可以過來這裡。」
「啊，嗯……」
「好的……？」
埋伏的陷阱也全都被貴大解除了。

艾露緹與莎莉耶只需要跟在他的後頭行走。

光是如此就得以抵達目的地。當中所花費的時間只有十分鐘。就在迷宮前進的速度而言，快得令人不可置信。

「好，這裡是最後了吧。」

貴大做出宣告時，少女們才終於回過神來。

對了，她們還有一絲疑慮。

埃爾——埃爾還沒有跟他們會合。

艾露緹一行人至今為止走過的道路上，都沒有找到埃爾。

假如是這樣，她不是已經安全逃脫，就是被捉進了最後的這間房間。

「連我也不知道裡面有什麼，妳們要提高警覺喔。」

「抱、抱歉。」

「很不好意思！」

現在起，他們要進入連探索系技能都不管用的房間。

這類場所不可掉以輕心。剎那的大意就會使人喪命。

會出現等級異常高的魔物嗎？還是成群結隊的魔物潛伏其中呢？

無論哪種情況，都得做好必要時刻逃脫的心理準備。就連貴大也小心謹慎，悄悄把手貼

向門扉——

「唔唔唔唔唔……」

「呃！」

聽見含糊不清的聲音。

艱辛又苦悶的聲音從房間裡傳了出來。

「啊啊啊、啊啊、啊——……」

宛如有人在接受拷問一般。

——是誰？這種情況，他們所想到的只有一人。

「貴大！」

「我知道……！」

貴大一行人臉色鐵青。

待在裡頭的，恐怕是埃爾。

因為傳送陷阱而被迫分散，調查隊的最後一人。

她就被囚禁在這房間裡，遭受魔物們的凌虐。

「要攻進去了！」

「喔喔！」

「好的！」

即使不明白裡頭的情況，但已經沒有時間躊躇。

同伴們的反應也表達允諾，貴大打開房間門。

而後在那間「理科教室」的房間裡，他們目睹了——

「嗯，水屬性的技能，反應很稀薄啊。」

「原本以為這所迷宮裡的魔物對魔法沒有抗性，看來假說有誤。」

「那麼，這招怎麼樣？」

「【火焰燃燒】。」

咻砰！

從黑髮精靈的指尖，藍白色的灼熱火焰銳利地噴湧而出。

噴射出的火焰似乎有調整長度，不久後延伸為十公分長左右——

接著攀燒到被綁在桌子上的白袍哥布林的兩隻手臂。

「唔咕，唔喔喔喔喔喔喔喔喔喔喔！」

即使嘴巴被塞著破布，含糊不清的叫吼聲仍然響徹房間。纏繞住魔物雙手雙腳的繩子一口氣繃緊。

繩子或許被施以某種強化技能，抑或單純是魔物變得衰弱，毫無斷裂的跡象。哥布林唯一自由的頭部激烈地左右搖晃，好像是彰顯出拒絕的情感，也像是為了排解肉體被火焚燒的疼痛。

「哦，火焰是弱點呀？原來如此，這點和一般的哥布林一樣呢。」

見這副悽慘的模樣，同樣白袍纏身的精靈滿意地微笑。

她在手邊的筆記本裡寫了些什麼，心滿意足地頷首。

「科學哥布林，你真是良好的研究材料。」

「王立圖書館的魔物事典裡沒有記載你的情報。」

「甚至連《藝術維基》也沒有記載！」

「完全是未知的魔物啊。」

「竟然能夠收取這種魔物的數據。」

「這也是作為一名研究者的喜悅啊。」

「……對吧？」

「唔喔喔喔喔喔喔喔！」

她看似在和對方搭話，又好像不是。

埃爾喃喃自語著，朝魔物碳化的傷口淋下「回復藥」。

受到治療藥劑的刺激，科學哥布林流著眼淚發出慘叫聲。
哥布林明白，這治療象徵下一項實驗的序幕。
作為證據，埃爾柔軟的指尖不知何時又迸裂出雷光。
【電光・伏特】——將電流流向接觸對象的技能。
然而，同系統的【雷電・伏特】根本無從比較，這項技能具備了足以燒燬肉體，沸騰血液的威力。
面對竄出聲響，飛散而出的藍白雷光，魔物的目光無法動彈。
恐怖的對象逼近時，生物將無法移開目光。這點就連魔物也通用，精疲力盡的科學哥布林無法將臉別過放射出雷光的惡魔之手。
魔物只能發出含糊的哀號聲，流出眼淚。
笑容滿面的精靈毫不在乎，她發光的手貼附而上——
「還　不　給　我　住　手　！」
回過神的貴大，氣勢十足地敲擊她的頭。
「好痛～～～～～！」
「什麼『好痛！』，妳這個混蛋精靈！」
「貴、貴大？你突然間做什麼！」

魔法似乎因為預料之外的衝擊而解除，埃爾兩手按住被敲的地方，蹲了下來。

對於這樣的她，貴大的視線冷淡到不行。

「我想說到處都找不到妳，結果竟然在這裡幹這種蠢事！給我看清楚！莎莉耶嚇得暈倒了！」

他伸手指向後方，房間入口處能看見莎莉耶倒地的身影。

就連剛強的艾露緹，都因為過於悽慘的光景而身體僵硬。

即使如此，埃爾仍憤慨地回嘴。

「你說蠢事？這可是偉大的實驗！有時候殘酷的手段也在所難免。光是這樣就暈倒，作為一名研究員未免也——」

「是是是，好偉大好偉大。」

「啊——！」

貴大將埃爾的辯解放水流，俐落地用小刀刺向科學哥布林的額頭。被高等級的他一擊斃命的哥布林流露出某種安詳的表情，化為魔素粒子消散。

「那是我好不容易捕獲的貴重樣本，你做什麼啊！」

「什麼做什麼！原本以為是遺跡的地方其實是個運作著的迷宮，遇到這種莫名其妙的狀況，首先應該要逃脫才對！待在距離出口這麼近的地方，妳這傢伙才在做什麼！」

「因為這裡有很多稀奇的魔物嘛……盡是些從沒見過的物種喔！研究員的血液會騷動也是理所當然，等等好痛好痛好痛！」

聽聞這我行我素的藉口，貴大用力緊攫住埃爾的頭。

他的手像是老虎鉗一樣勒緊她，其疼痛讓埃爾立刻舉白旗投降。

「我、我知道了啦啦啦啦！我、我知道了，是我不對。首先要逃離這裡對吧？我按照你們的話做。」

從貴大手中逃脫，埃爾慌忙地開始整理四散在理科教室桌上的行李。注視著她背影的貴大眼神無比空虛，流露出「為什麼我要擔心這種傢伙的安危……」的神情，好似對自己過去的心境感到茫然。

「好啦，我準備好了。」

埃爾把實驗器具與在迷宮撿拾到的物品塞滿背包，提起來。

貴大揹起暈倒的莎莉耶，拍拍像根柱子一樣愣在原地的艾露緹背後。

「好，那我們要離開嘍。」

「喔、喔喔。」

「啊啊~真可惜。我明明還有一堆點子打算嘗試。」

「小心我最後殺了妳喔。」

「我知道啦！我知道啦，討厭。有夠粗魯。」

「好了，給我走快點！」

「是～」

總算讓不情願的埃爾踏出步伐，貴大朝迷宮的出口前進。

西棟三樓，通往屋頂的階梯就在眼前。來到這裡已經和成功逃脫迷宮沒有兩樣，沒有看見魔物與陷阱。

這下總算可以安心了，貴大鬆口氣時——

「我說，這個按鈕到底是什麼啊？」

「按鈕？」

「啊啊，按下去好了。我按。」

「妳在做什……」

貴大回過頭，他所看見的是埃爾按下鮮紅色警鈴按鈕的模樣。

警鈴立即鳴響。從擴音器裡聽見了廣播聲。

『自爆按鈕已啟動。距離迷宮之核的臨界點剩餘三分鐘。』

「妳幹了些什麼啊————！」

因為好奇心而鬆緩表情的埃爾就這麼當場僵硬在原地，艾露緹則是因為混亂而呆立著。

貴大用手臂將她們分別環抱在兩邊，衝上階梯，用身體撞開門，維持這個氣勢逃離迷宮。

「啊！你們平安無事啊！」

「門突然打不開，讓我們好擔心……」

「隨便都好快點逃啦啊啊啊啊～～～～～～！」

迷宮外頭有著護衛的騎士們，他們撞見貴大令人寒毛直豎的氣魄，多少也察覺到事態嚴重，慌慌張張地發起撤退指示。

貴大與少女們，以及緊追在他們後頭的護衛騎士。

他們再怎麼遠離迷宮——

地面仍鈍重地搖晃起來，迷宮的入口處噴發出火焰。

「啊啊啊啊啊！已經開始爆炸了！」

「撤退！撤退——！」

「快點逃快點逃啊啊啊啊！」

貴大更加提昇速度。

從他背後，可以看見迷宮入口處的火焰與煙霧更加噴湧高漲。

宛如小規模的火山爆發。桌椅劇烈燃燒，噴飛到空中。

位於山麓的營地，察覺到異狀的騎士與侍者們即使撐開了防禦結界——貴大仍大聲叫喊

他們快點逃跑。

「這究竟是怎麼回事啊——！」

「咿！咿咿咿！」

「我還有個要等我回去結婚的青梅竹馬……」

「回去以後我請你喝一杯，所以快點跑起來！」

艾露緹叫喊。睜開眼睛的莎莉耶又暈了過去。

騎士們嘴巴裡說出不吉利的台詞，高溫與火焰追逐在他們身後。

「到底為什麼會變成這樣啦～～～～！」

貴大的吼叫聲，也消失在斷斷續續的爆炸聲響之中——

— 6 —

「所以呢？你那股力量到底是怎麼回事？」

迷宮的爆炸得以解決，迷宮之核也確認完全消滅之後——

調查隊與騎士們踏上歸途。比預定時間還提早回到王都的他們，決定先報告本次的異變事態。

這是途中在馬車內發生的事。

歇口氣的艾露緹向貴大拋出疑問。

（啊啊啊……！終於來了……！）

趁亂搪塞，含糊不清地混過去——

似乎是沒辦法。艾露緹看來是要打破砂鍋問到底。

「那、那、那個，我也……很在意……」

莎莉耶也畏畏縮縮地舉手發問。

「貴大的力量？話說回來，他一擊打倒了科學哥布林呢。」

正在研究迷宮物品的埃爾也探出身子詢問。

目擊者總共三名。看來不是能夠順利蒙混過去的數量。

「說吧！」

「快說快說！」

女人們擠上來。貴大遭受盤問。

貴大一面流淌著冷汗，他選擇的行動是——

（啊啊啊，只能說出來了！）

如此決定的貴大慢慢張開嘴巴。

接著面向艾露緹她們，躊躇地娓娓道來。

「其實……我的等級……是兩百五十級……」

「「「什麼？」」」

「呃，所以說，我的等級啊。是兩、兩百五十級。」

「「「咦？」」」

他坦白了兩次，兩次都被以疑問句丟了回來。

兩百五十可謂等級的臨界點，是無法出其右的極致強悍。

貴大達到了這個極致。甚至連那個庫林格也只有等級一百五十級而已。傳說中的英雄也只有兩百級而已。

「不，你這傢伙……」

艾露緹原本想說「這怎麼可能」。

他又不是勇者或聖女，單靠一己之力不可能達到等級兩百五十級。

不，但是，她在之前戰鬥裡所目睹的貴大身姿，和勇者的某些動作很像。艾露緹也只見過一次，但那是擊敗龍的勇者的動作——

「……我知道了。我知道有關你等級的事了。」

「這、這樣啊。」

「可是，為什麼要隱瞞？」

比起貴大的等級，她更疑惑這點。

假使握有這麼強悍的力量，為什麼會忍受自己被叫喚成「老鼠」呢？

不如說貴大甚至對這種稱呼甘之如飴，欣然接受。以艾露緹的常識思考，她怎樣也無法理解。

「為什麼不在檯面上大顯身手……而是經營萬事通？」

在伊森德裡，強悍代表一切，在那裡貴大可說是無所不能。

他並不是任人宰割的一方，而是得到他人的尊敬與憧憬，擁有能夠實現任何願望的地位。

到底為何，他會終日經營著那間萬事通——

「妳問我為什麼啊。」

「…………」

「我想想，因為很麻煩啊。」

「麻煩？」

艾露緹不明所以，露出困惑的神情。

貴大看見她的表情，「呼～」地嘆口氣，繼續說道：

「妳也想像一下吧。公開等級的話，就會冒出一堆想要利用我的人……就像這傢伙！」
貴大一邊說著，捉高從旁邊伸向他的手，固定住對方的關節。
那隻手當然是埃爾伸出來的。她以抓住貴大頭髮的狀態發出哀號。
「好痛好痛好痛好痛！手要碎了啦！」
埃爾砰砰地敲擊車廂牆壁，顯露出全面投降的意思。
貴大即使如此仍緊緊固定住她的手，眼神依舊冷峻。
「妳打算做什麼……！」
「我第一次看見等級兩百五十級的人類種族，打算採取樣本嘛。」
「啊？」
「沒什麼，十根——不對，只要有二十根左右的頭髮就夠啊嘎嘎啊嘎啊啊啊——！」
埃爾枯木般的手發出嘰嘰聲響。
面對這名把人當實驗白老鼠對待的研究者，貴大憤怒的關節技炸裂中。
心地善良的莎莉耶慌張地介入，不過當貴大解放束縛時，埃爾已經奄奄一息了。
「怎麼說，總之，就是有這種傢伙存在，我才沒有公開自己的等級。」
目睹這種始末，艾露緹也理解了。
然而，艾露緹並非以一個普通人，而是以一名冒險者的立場提出異議。

「可是，如果你以冒險者的身分工作的話，大家會很高興喔。為什麼不——」

後續的話語之所以沒有說完，是因為貴大伸出了手。

貴大展現出拒絕的意志，表示已經不想再聽下去了。

「雖然不到棒打出頭鳥的程度，但太出風頭的話，不知不覺會遭人怨恨，我討厭那樣。以前我待在帝國時，曾被冒險者抱怨『都是因為你太活躍，我們才會沒工作』然後找我麻煩……我已經受夠那種事了。」

貴大只說了這些，接著望向窗外。

「反正妳們沒有證據，說出去也不會有人信，但可別洩漏出去啊。」

說完後，他閉上嘴，不再將視線投向艾露緹。

對話到此為止。看來他沒打算繼續說下去。

艾露緹明白這點，也不再追問了，然而——

「…………」

對於看似懶散的貴大，艾露緹用複雜的神情注視著他。

幕間劇「真相與少女心」

謎之遺跡引發的騷動，在王都造成了些許話題。

本以為是遺跡，實際上卻是仍運作著的迷宮，甚至打算吞噬調查隊再度運作。歷史上從未記錄如此事態，在迷宮所發生的事，產生的魔物及其他前所未見的物品，據說在學會與王立圖書館引發軒然大波。

冒險者公會也出現了莫大騷動。

公會長的女兒「獵首的艾露緹」，再次奇蹟似的生還歸來。

被拋入迷宮深處的她，與護衛對象一同邁向出口。據說同伴只有那隻老鼠，就連偉大的學者大人直到最後都沒有與她們會合。

聽聞此事的冒險者們不斷稱讚她「不愧是大將的女兒」、「不愧是艾露緹」。無論面臨何等窮途末路都不會放棄，運用熟知的知識與技術，從未知迷宮逃脫而出。人們獻上「這才是冒險者！」的喝采，慶祝她平安歸來的宴會持續到深夜。

當然，事實上並非如此。

艾露緹明白這點，也存在著莎莉耶這名目擊者。

只是，貴大阻止她們公開真相。她們的救命恩人低下頭請求——拜託別公開，就當作是妳們活躍的成果吧。

因此艾露緹才會按照他的請求行事。

像「憤怒的惡鬼」那時候一樣，不否定，告知同伴們是自己的功勞。

對討厭說謊的艾露緹而言，她本來難以忍受——

不過現在，她認為這只是件小事。

「對不起，艾露緹，是爸爸我的錯。都是因為我讓妳接了那種委託。」

「不，不是的。是媽媽我拜託朋友，要他們準備安全點的委託……！」

艾露緹回到家後，等待她的是雙親的謝罪。

看來寵溺女兒的雙親私下在委託做了安排。沒想到導致了反效果，庫林格他們深深反省，並感到愧疚。

「早知道會變成這樣，我一開始就不該刻意掛心了。我要是更相信妳就好了……」

「別這樣，已經沒事了啦。」

「但是，艾露緹！」

「沒關係，我也活著回來了。」

「艾露緹……」

儘管如此，雙親仍深感歉疚。艾露緹放置這樣的兩人，回到自己的房間。

雙腳蹣跚地走上階梯，搖搖晃晃地換掉衣服，倒在床上。

沒錯，那些事情怎樣都好。對此刻的她而言，首當其衝的問題在於——

（咦？我被貴大給救了嗎？）

當然，只有這點。

（騙人的吧？我到現在還是無法相信！）

回到家裡放鬆後，原本麻痺的情感再次浮上。

驚訝。難以置信。恐懼。危急。覺得他很可靠。

在迷宮內的種種遭遇，僅僅一小時左右的經歷，騷亂著艾露緹的內心。

（唔唔唔……等級兩百五十級是怎樣啊……）

（要怎麼做才能達到等級兩百五十級？）

（那強到離譜的程度，究竟是怎麼回事……）

（等等，果然打倒憤怒的惡鬼的也是那傢伙嘛——！）

（所以說，我被那傢伙救了兩次……）

「啊啊啊啊～～～……！」

心中七上八下，心境反覆飆升又低跌的艾露緹終於發出大叫，在床上折騰扭曲身體。

感到羞恥，又坐立難安的複雜心境。

貴大是她的救命恩人。她輕蔑為老鼠的對象，事實上是個比任何人都還要驍勇善戰的戰士。那樣的人，再度救了她一命——

「……去道謝會比較好吧？」

包含上次的事件，她都沒有傳達感謝。

如今真相大白，再不低頭致謝的話，實在有損冒險者的顏面。

可是對象是那個貴大。貴大怠惰的性格沒有改變，她「以前被貴大做的某些事」至今還是無法原諒。然而真正的貴大其實強悍得令人著迷，如黑色旋風般擊潰敵人的身影，總覺得——

（總覺得有點帥氣……）

「啊啊啊啊啊啊～～～……！」

艾露緹再次苦悶地扭成一團，把臉埋進枕頭裡大叫。

對於那樣的女兒，雙親以擔憂的神情，從房間門縫注視著她。

END

自由人生

異世界萬事通奮鬥記

第四章 媚藥篇

—1—

「呵呵呵……完成了，完成了啊……！」

王立圖書館的地下，某個人發出笑聲。

她是被眾人視為圖書館的魔女而畏懼著的獨特天才——埃爾．米爾，烏路爾。

數個燒杯並排在眼前，她滿臉欣喜地凝視著注入其中的鮮血般赤紅色液體。

她的雙眼燃起晦暗的火焰，即使處於日照無法滲入的地下，仍閃閃發光。

「只要有這個的話……呵呵呵呵呵……」

埃爾舉起裝入藥品的燒杯，神情陶醉地用臉頰摩擦。

而後將視線投向其他「材料」，愉快地笑著朝材料伸出手。

本次的騷動，就此開始。

◇◇◇

埃爾相當稀奇地邀請我去喝茶。

她似乎是想為前陣子的事情道謝。除了委託的酬勞以外，想另外請我吃點東西。

雖然能從那傢伙口中聽見「讓我讀書」以外的話令我感到驚訝——

總之，這也不算壞事。偶爾悠閒地喝茶，順便警惕她別把我的祕密暴露出去也好。那傢伙是個書蟲，只要用不讓她閱讀＠wiki來威脅她，即使嘴巴裂開了，她也不會把祕密洩漏出去才對。

我一邊心想，悠悠哉哉地赴約，只是——

「好啦，用不著客氣，一口氣喝乾吧。」

「…………」

「這是我用老家森林採的香草調和而成的茶。可以消除疲勞喔。」

（好可疑……）

埃爾露出從未見過的笑容，怎麼回事？

打從迎接我以來，自始至終都頂著笑臉。

然而雖說是笑著，眼神卻異常認真。

好可疑。怎麼看都好可疑。

（該不會這個茶裡摻了什麼吧？）

怎麼想都是這傢伙會幹的事……既然這樣的話！

「喂，埃爾。我們交換一下茶杯吧。」

「喔喔，好啊。」

埃爾毫無抗拒地將她的杯子遞過來。

（……嗯？）

原本以為茶杯杯緣可能塗了些什麼，原來不是嗎？

若是如此，那果然是茶本身裡添加了什麼？

「你怎麼啦？不喝嗎？」

「不，我怕燙。妳先喝吧。」

「喔喔，原來如此。那我就先不客氣了。」

語畢，埃爾毫不猶豫地將茶杯貼近嘴邊。

（嗯，她真的有喝下去對吧。）

那麼，該不會其實什麼怪東西都沒有加？

「呼～故鄉的茶果然最棒了。我很喜歡這個。」

「這、這樣喔。」

「稍微特殊的香氣能讓人沉靜心靈啊。或許這點程度的東西無法當作謝禮，但你應該也有無法向人吐露的辛勞吧。我想用這杯茶來慰勞你啊。」

「原來是這樣啊。」

我開始為自己的過度揣測感到羞恥。

雖然我最近又踢又踹她，但竟然到懷疑她盛情厚意的地步，實在不可取。

即使是埃爾，偶爾也會有想款待他人的一面啊。就算她還是一樣不在乎儀容整潔，房間也散亂著書籍，但她也會像現在這樣為了某個人沏茶，準備點心。

這就是所謂的人情，埃爾同樣擁有這種情感。

「那我喝喝看吧。」

「請用。」

埃爾滿面笑容。

嗯，剛才的表情一定是我看錯了。

別疑神疑鬼了。唯有信任才能孕育出信賴關係——

「喔喔，真好喝！」

「沒錯吧？」

像是薄荷般，直通鼻腔的清涼感令人欲罷不能。

不，應該沒有像薄荷那麼刺激。我感覺到一股柔和的森林涼風。這道涼風彷彿溫柔地吹散殘留在我體內的疲勞與懶倦。

原來如此，也難怪疲勞時會想喝這種茶。

什麼嘛，這個精靈偶爾也會做點好事啊。

「要不要再來一杯？這次喝冰茶也不錯喔。」

「喔喔，聽起來很棒！那就拜託妳了。」

「我知道了。」

埃爾離開座位，走出研究室。

不過，她離去前像是想起什麼般，稍微回過頭對我說話。

「啊啊，等待期間你先吃點桌上的點心吧。是我做的，形狀雖然有點不好看，但保證好吃喔。裡面加了老家送來的野莓，很難在一般街上吃到。」

黑髮精靈說完，輕輕單眼眨了個眼，離開研究室。

（討厭，我怎麼覺得今天的埃爾小姐好溫柔……）

嗚嗚嗚，知恩報恩這句話果然千真萬確。

埃爾再怎麼說也是個美女，真沒想到能從她那裡得到親手做的餅乾……！

「唔，這個也好好吃！」

有別於滋味清爽的香草茶，點心的甜味好似擴散到整個嘴巴。

但濃厚的滋味並不會過膩。酥脆鬆軟的餅乾在口中碎開，瞬間化開落入胃袋。當中並沒有使用奶油製成的點心的那種特殊濃重感，不如說混入的野莓酸味帶來了清爽的後勁。

一面品嚐餅乾，等等喝下冰涼的香草茶。

簡直太棒了！這就是所謂的幸福啊。嗯嗯，果然人類只要有美味的食物就可以變得幸福！

「哎呀，久等啦。你覺得餅乾怎麼樣？」

喔喔！時機抓得真好！埃爾端著放置玻璃杯的托盤回來了。

趕快來享受香草茶與點心的合奏曲吧。

我一手拿著餅乾，空著的另一手取走玻璃杯。然後將餅乾放入口中咀嚼，再讓冰涼的茶流入喉嚨……啊啊……！和我料想的一樣，這個組合會讓人上癮啊！

「看來我用不著問你感想了吧？呵呵，你喜歡真是太好了。」

我喝著冰香草茶，埃爾對我投以微笑。

陰暗的地下室裡，唯有油燈照明的茶會，偶爾也不壞。今天的下午一點，讓我有如此感

想。

「你、你要回去了嗎？再待久一點也沒關係喔。」

「不，我實在待太久了。差不多該告辭啦。」

和知識淵博的埃爾聊天很愉快，不知不覺就久留到這種時間了。

再不快點回去的話優米爾會擔心。而且明天是星期一，熬夜過頭的話，身體會搞壞的。

「不然我請你吃頓晚餐嘛。」

「我家的女僕在等我。」

「這樣啊……」

「別露出那種表情嘛。我還會再來的。」

「啊……」

埃爾是不是也度過了愉快的時光呢？

她依依不捨般垂下肩膀，實在無法令人聯想到她就是那個圖書館的魔女。

（反正她馬上就會恢復正常吧。）

今天真是見識到珍貴的光景。

「那我要回去啦，下次見。」

我留下這句話，離開圖書館的地下室。

回到地面時，街道已經夕陽西下，天空染成了黃昏色。

即將來到夜幕低垂的時候了。嗯，我果然待得太久——

「那、那個，佐山先生！」

「嗯？」

正打算穿越王立圖書館的正門時，我被人搭話了。

我回過頭，穿著實習圖書館員制服的少女站在那裡。

「喔喔，是莎莉耶啊。怎麼啦？有什麼事嗎？」

「啊嗚……」

「……啊。」

自從之前的事件以來，莎莉耶似乎都在避著我。

果然暴露等級這點不是上策啊。用刀子俐落砍殺魔物這點也不妙。畢竟等級兩百五十級，一般人眼裡看來就是個怪物。膽小的莎莉耶會害怕也是理所當然。

「不用勉強自己和我說話也沒關係。」

「不、不是的！我沒有勉強自己！」

她情急下否定，卻沒辦法把話說下去。

聲音越來越細小最後慢慢消失，身體因為緊張而顫抖。

（這樣不行啊。）

莎莉耶一段時間內都難以說出完整的字句來。

說不定這種狀態從今以後也會持續下去——

沒必要勉強她。畢竟我認為我們之間有一部分能靠時間解決，直到她能夠輕鬆開口時再慢慢對談也不遲——

「喔。」

莎莉耶垂下臉，將某個東西使勁推向我的腹部。

這什麼？有著可愛包裝的小袋子，裡頭放了什麼嗎？

我試著收下了，仍不明白是什麼東西。

「這是……是謝禮！」

就算詢問當事人，莎莉耶也只丟下這句話就逃跑了。

（謝禮……喔喔，謝禮啊。）

原來如此，是為了答謝我在迷宮裡搭救她的禮物。

這孩子還真有禮貌啊。因為無法用話語妥善表達，才會像這樣準備禮物來報答。

「我來看看，裡面放了些什麼呢。」

我輕鬆拆開緞帶，窺伺小袋子的內容物。

「是餅乾啊。」

圖書館現在流行做餅乾嗎？

小袋子裡頭放著幾片愛心形狀的小型餅乾。

「嗯，很好吃。」

這應該無法填飽肚子，所以明明在晚飯前，我還是啃著餅乾。

多虧那格外可愛的袋子包裝，路過的行人用奇怪的表情盯著我瞧。

（嗯，今天真是個好日子。希望明天也能這麼好。）

我如此心想，朝著回家的路途繼續踏出步伐。

◇◇◇

「失敗了啊。」

「可是《藝術維基》上只記載了這些資訊而已。」

「其他部分該怎麼辦才好呢……」

埃爾一面喃喃自語，一面在研究室內來回踱步。

她手中握有古代文書《藝術維基》的片段頁面，上頭記載著某種藥品的製造方法。

「那個迷宮被消滅了，實在很可惜啊……」

「因為這樣，已經沒辦法收集材料了。」

酸甜的情書、尼可波花、那戴波草、戴雷的果實。

這些都是製作藥品的材料。作為藥品的必須材料，多數都能在之前的迷宮得手。

她明明使用上述材料，按照《藝術維基》記錄的指示調配藥物了——

不知為何，卻無法發揮藥效。

「貴大也吃了添加藥品的餅乾。因為沒有效果，所以我也吃了。但是什麼都沒有發生。失敗啦，失敗！明明順利的話，貴大整整一星期都會對我言聽計從耶！」

埃爾將書籍頁面扔到一旁。

接著仰倒在地板，在書山中碎碎念抱怨。

「啊啊~媚藥什麼的，充其量不過是假貨啊。」

媚藥——沒錯，埃爾向貴大下了媚藥。

原本打算讓他對自己著迷，對自己言聽計從。

「我好想要等級兩百五十級的樣本耶。」

她至今為止從沒見過等級如此高的人類。

他的肉體（作為研究材料）充滿魅力，好想盡情地、鉅細靡遺地調查。流著研究者血液的她，懷抱著如此願望。

「但是，失敗了啊……」

她曾經描繪的夢想與希望，全都消失到伸手無法觸及的遠方了。

既然媚藥沒起作用，只好尋找別的手段。

但看來她一時間無法振作起來了。那是她費盡一番苦心製作的藥物，傾注其中的期待也很大。

「唉……貴大願不願意讓我實驗呢？」

埃爾趴倒在研究室的桌子上，用抑鬱寡歡的神情吐出嘆息。

儘管如此，她的模樣有些奇怪。看似憂鬱，實則不然。

半睜的眼睛濕潤，臉頰稍微透出了朱紅。

若要形容那副模樣的話——

「算了，撇開實驗也沒關係。貴大還會再來找我嗎？」

那副模樣，宛如戀愛中的少女。

—2—

「我說，好吃嗎？」

「好、好吃。」

「太好了～！來，下一個是這個。張開嘴巴，啊～」

「啊～……」

我張開嘴，煎蛋捲就送進了嘴裡。

慢慢咀嚼食物時，薰又接著說道：

「我說，好吃嗎？」

很好吃。是很好吃沒錯。

但是為何演變成這種局面，我絲毫沒有頭緒。

（不不不，應該有什麼契機才對！快點想起來啊我！）

昨天晚上，直到入睡以前都與平常無異。

早上被薰叫起床這點也……好吧，也不能說沒有。

畢竟她偶爾會來我這裡做飯。和優米爾也相處得很好，也會把這裡當自己家一樣，直接掀開我的棉被。

只是，今天早上以後所發生的事很奇怪。

薰不知怎的很熱衷於照顧我。

「洗好臉了嗎？」

「還沒洗的話快去洗吧？」

「去廁所了嗎？」

「頭髮睡翹嘍。」

「我幫你整理好吧？」

諸如此類，照料得無微不至也該有個限度。

不，她原本就是擅於照顧人的孩子，但到這種地步也太奇怪了吧。

「張開嘴巴，啊～♪」

「啊～……」

然後，最誇張的來了。

吃早飯時她坐在我位子旁，親自餵我吃飯。

竟然叫我「啊～張開嘴」？這不是戀人才會做的事情嗎？

究竟為什麼突然幹起這種事情——

「我、我問你喔，難道不好吃嗎？」

「嗯啊？」

「因為你露出很困擾的表情……」

「喔喔，等一下等一下。很好吃喔，嗯，很好吃！」

「真的嗎？太好了～！」

一下沮喪一下歡笑，這傢伙還真忙碌。

這種情況下根本無暇思考。不全部吃完，感覺無法和她溝通。

「欸嘿嘿……」

薰・羅克亞德小姐表現出害臊又忸忸怩怩的模樣。

現在才二月耶。距離春天還有點早，莫非她是感冒了嗎？

除此之外我想不到她態度驟變的理由。我無法坦率地高興，雖說如此，也不能苛薄地對待她。

「吃完飯以後，我們一起出門工作吧？」

「是是是。」

我生硬地回答，吃完薰親手製作的早餐。

「烤魚定食兩份、豬排蓋飯三份～！」

「知道啦～！」

今天也一樣，頂著凶惡表情的傢伙們擠進餐廳裡吃飯。

多虧這點，店裡生意興隆。就大眾食堂而言可說是大成功。

只是作為日薪工而言，我倒是希望不用忙碌到這種地步……

總之，還不到無法忍耐的程度。熬過尖峰時刻就能喘口氣了。

「韭菜炒豬肝定食、滷魚定食、南蠻雞定食大碗、炸鮭魚定食、牛肉蓋飯大碗，還有炸蝦蓋飯兩碗，點單來嘍～！」

「……知道啦～！」

不是無法忍耐，也並非辦不到。

但是一聽到這種分散開來的點單，精神也會一舉萎靡起來……

（好好考慮一下做菜很費工啊，很費工！）

嗯，總之，加油吧。

（要是打混摸魚，優米爾很恐怖啊……）

如此這般，我一面心想「自己實在不適合餐飲業啊～」，接著總算撐過了這天的午餐尖

峰時刻。

「然後，怎麼又來了？」

下午兩點後的「滿腹亭」。

正是所謂的員工餐時間，我到餐桌就定位時——

「張開嘴巴，啊～」

薰小姐又打算照顧在下我了。

這位小姐露出極為幸福的表情，用筷子夾著炸蝦。

坦白講，我差不多開始覺得可怕了。我不記得自己有立過這種旗，也不記得對薰施加過【魅惑】。

「來，啊～」

唔～還是說她到了想談戀愛的年紀？

或是想嘗試和男性對象談情說愛之類的……

不，那傢伙不是這樣的性格啊。

「……我給你添麻煩了嗎？」

「啥？」

不妙！薰開始沮喪了！

垂下肩膀，低下頭，露出一副隨時會落淚的表情！

「等一下等一下！我沒有認為是麻煩！」

「真的嗎……？」

薰抬起臉，她的眼神像是被丟棄的小狗一樣。

唔唔唔，情況不明所以，但應對不當的話，感覺之後會很慘烈。

今天就配合她吧……

「是啊，真的。不如說，薰能夠餵我吃飯我好高興喔！哎呀～我真是幸福！」

……我會不會演得太假了？

「真的嗎？欸嘿嘿嘿……」

看來是杞人憂天。不如說，這傢伙也太好騙了吧？

感覺會被壞男人欺騙，輕而易舉地被拐走。我有點擔心她的將來。

「那麼，這次你吃吃看這個？」

「呃，好。」

怎麼覺得我們之間的距離比剛才更近了。

她將手搭在我的肩膀上，或是倚靠過來，簡直就像是伊貝塔小姐店裡的孩子。

太大膽了吧……這不是薰。

「咻～咻～兩位，很親熱喔！」

「嘎哈哈哈！感情真好啊！」

「真、真是的～！不要捉弄我們啦～！」

不知是沒察覺到女兒的異狀，或是察覺到了才更加煽動她。

凱特小姐與曉大叔心情極好，甚至吹起口哨來。

「你們既然這麼火熱，應該也親過一兩次了吧？」

「還、還沒有接吻過啦。」

「哎唷～！兩位真是晚熟！」

「哦，太窩囊了吧！那種事情要趁年輕時快點嘗試！」

「討厭——老公你真是的！不過媽媽我也這麼認為喲！」

「咦咦！」

「快點接吻吧，不然，現在就來吧！」

「為什麼會演變成這樣！」

我實在不得不吐嘈了。

這局面究竟是怎麼回事。乘勢起鬨也該有個限度喔！

「那、那個，貴大？」

「是啊，我知道。這種事未免也太……」

「貴大不喜歡嗎……？」

「……什麼？」

該不會她也躍躍欲試？在雙親的注目下接吻？

唔唔～她果然很不對勁……一定出了什麼事。

「「開始吧，接吻～接吻～！」」

（你們是國中生喔！）

雙親也很不對勁，不過這兩個傢伙是照常運轉。

雖然這樣也挺有問題的，不過，放任他們應該無所謂。

問題在於這傢伙！薰・羅克亞德小姐！這個人真的哪裡怪怪的。

「貴大……」

她感覺真的有那個意思，眼睛也濕潤起來。

嘴唇半開，吐露出炙熱的氣息……

啊啊，不可以不可以！一瞬間我差點就被她吸引過去了！

待在這裡，似乎連我都會變得越來越奇怪！

逃跑也是種方法，只能拉開距離了。

「看招，【煙霧爆發】！」

砰砰！

透過胡亂使用的技能，煙霧彷彿自我掌心爆發般擴散而開。

我趁機站離座位，試圖偷偷摸摸逃出「滿腹亭」。

「哎呀——！這是什麼——？」

「什麼也看不見了啊——！」

「貴大——？」

很好很好，這樣一來應該不會被逮到才對。

不過到底是怎樣？薰究竟發生了什麼事……？

—3—

「貴大～老師～非常迷人～♪」

那麼，此刻，本人我在貴族的宅邸裡。

受邀來到費爾迪南家的宅邸，經過許可進入法蘭莎的房間，然後聆聽大小姐自己創作的歌曲。

嗯，這狀況有點莫名其妙。

（……到底是怎樣？）

我聽說有工作於是抵達中級區的廣場，結果那裡出現了費爾迪南家的侍從們，簡略說明來意後就把我塞進馬車裡……

然後，被帶進王貴區的宅邸後，精心打扮的法蘭莎格外禮貌地前來迎接我。

我被迫坐入幾乎要讓腰部整個陷進去的沙發，受到超高級茶水與茶點款待，大小姐接著展露她自創的歌曲……我果然還是不明白到底在幹嘛？

「老師，您覺得如何呢？」

「嗯，啊，應該還不錯啦。」

老實說，我完全搞不懂哪裡好。

那彷彿幼稚園同樂會裡出現的超直白歌詞是怎麼回事？

等等，但是，說不定這才是這個世界的潮流……

「哎呀，真不愧是貴大老師！您也有吟詩的才能呢！說來慚愧，我的雙親和親戚並沒有文學方面的才華，並不理解詩為何物……不過，能像這樣遇見理解我的人，我放心了。」

太好了。即使說是異世界，人們的感性並沒有多大差異。

純粹是法蘭莎這傢伙太詭異而已。以擁有其他才能作為代價，這傢伙的歌唱品味恐怕是遺留在母親的肚子裡了。

魚與熊掌不可兼得這番話看來是真的啊。

「說到理解這件事……」

「嗯？」

「老師，您現在雖然獲得大家的信任，但一開始很辛苦吧？」

「嗯，算是這樣。」

畢竟我橫豎著看都是個庶民。

加上是東洋人，又是個前任冒險者。上流階級的達官貴人們眼裡看來，想必是個可疑的存在。不如說，我也聽過別人對我的流言蜚語。「骯髒的平民竟然擔任學園講師，簡直是惡劣的玩笑！」之類的，相當淺顯易懂的惡意。

至今仍然有批判的聲浪，但和一開始把我當蟲子那時相比的話……

「我一開始也只認為老師是『可用之人』而已。」

「咦咦！」

是、是這樣喔？

「但是，現在不一樣了。」

咦？法蘭莎從對面的沙發上站起來。

（什麼？發生什麼事了？）

我像是受到她影響，也一起離開沙發坐位……

「老師……」

法蘭莎撲進我的胸懷裡。

（咦？這個展開是怎麼回事！）

面對僵住的我，法蘭莎用甜膩的聲音細語。

「老師……您知道嗎？我的胸口，心跳非常劇烈……」

「是、是喔。」

「這種感覺，我是第一次……老師也和我一樣嗎……？」

「沒錯，這種心情我也是第一次。」

「我好高興……！不過，我早就知道您的答案了。因為老師的胸口，心跳也跟我一樣這麼快……」

「是啊，我現在心跳加速啊……」

畢竟從剛才開始，房間的入口好像就有人在啊。

那個人該不會是法蘭莎的老爸吧？看來像是費爾迪南現任當家——歐德隆先生的人影，

露出好似人體模型般的表情注視我們。

可能是和他對上眼的緣故？

我從剛才開始心跳就莫名加速慢不下來。

「老師……！」

情緒極為激動的法蘭莎用力抱緊我。

然後不知道怎麼回事，歐德隆先生的額角開始顫顫痙攣起來。

討厭，心跳慢不下來。我覺得他光靠視線就可以把我殺掉。

「老師……」

法蘭莎用恍惚的神情抬起頭仰望我。

不過，老實說，我沒閒工夫搭理她。假如我從歐德隆先生身上移開目光，不知道會發生什麼事。

「老師……您真壞心眼。像這樣裝作滿不在乎，玩弄我的心。」

法蘭莎輕輕將臉埋進我的胸膛，悲傷地低喃。

可不可以請妳住手啊？再這樣下去，被歐德隆先生玩弄的，感覺會是我的人生啊！

「不過老師的這點，也很吸引我。」

（咿咿咿咿咿咿咿咿！）

法蘭莎用手臂繞住我的脖子後方，歐德隆先生的表情變得像是般若鬼面具一樣。

好可怕。太可怕了。應該說，大叔，你至少講點什麼吧！你到底想做什麼！

「老師……不，貴大先生……」

父親混雜著殺意的視線，以及女兒格外熱情的視線。

兩者融合、交混，逐漸將我的心帶往奇怪的地方。

停下來，快停下來啊！真是夠了，因為詭譎的緊張感，心跳的節奏變得好奇怪！我快要因為心律不整而停止心跳啦！

（果然有哪裡不對勁啊啊啊啊～～～～！）

由於意料之外的情況而面臨心臟病發作危機的我，直到法蘭莎察覺她父親在場以前，始終冒著冷汗。

「有、有夠悽慘的……」

我度過了相當濃烈的時間。

沒想到竟然有那種殺人手法，搞不好連「暗殺者大師」也沒見識過。

「身體的狀態也還沒恢復。」

一下冒冷汗，一下心跳加速，感覺給身體添了許多負擔。

好想快點回家睡覺啊……不過接下來還有孤兒院的工作要處理。

「總之，在那裡睡覺也行吧。」

年幼組的小鬼頭們只要吃完點心後就會進入午睡時間。

我在那時候一起睡覺就行了。那個工作場所還算通達情理。

（既然這麼決定的話……）

首先，得前往下級區才行。

我從費爾迪南家的馬車裡走出來，離開中級區廣場，徐徐而行。

從這裡到孤兒院需要步行三十分鐘。總之，慢慢走吧。

「……嗯？」

我發覺好像有什麼東西從對面的道路逼近。

…………咚咚咚咚咚咚咚。

那是什麼啊？捲起土砂塵埃，朝我這裡一直線衝過來。

「……大～」

…………咚咚咚咚咚咚咚。

看來不是失控的馬匹，而是人……嗯？

「……大～！」

咚咚咚咚咚咚咚咚咚咚咚咚。

到了這個地步，我也明白是何方神聖了。那是我認識的……

「貴大！」

「嗚咕！」

克露米亞保持全速前進的力道，像是重擊我般抱緊我。

這名身材格外高挑的女孩，像要把我的臉埋進她胸部的溝壑中緊緊擁抱住我。要是窒息就糟了，我挪開臉，結果她這次開始舔起我的臉來。

「汪汪！」

克露米亞的搭檔，狗狗小金也過來了。

盡情甩動尾巴，蹦蹦跳跳地瞄準我的顏和眼睛撲過來。

這傢伙肯定也想舔我的臉吧。為什麼狗狗都這麼喜歡舔人的臉啊……

「等、等等！嗚噗，等一下！」

這種過剩的肌膚接觸已經習以為常，但是在這種地方不行啊！

明明只是和狗狗們玩鬧，但人潮眾多的緣故，莫名地讓我感到羞恥。

瞧，巡邏的警衛先生也在看，路過的婦人也在看。

「不、不好意思，我們馬上去別的地方。」

「嗯嗯。」

「好了，你們兩個，要走嘍。」

「「汪！」」

帶著大型犬們，我一路前往孤兒院。

這段期間，克露米亞緊緊黏在我身邊，不肯鬆開我。

（該不會這些傢伙也？）

也變得奇怪了嗎？

還是說，只是因為太久沒見而興致高昂而已？

我不清楚。雖然不清楚，但是——

「喂喂！耳朵不行！」

一面忍耐舔人狂魔的猛攻一面行走，過程可說是相當折騰人。

「所以說，為什麼會變成這樣……」

舔舔。

舔舔舔舔。

舔舔舔舔舔舔……

抵達孤兒院後，我被狗狗們壓倒在地。

然後又是一連串的舔舔舔。如此狀態持續了十分鐘之久，絲毫沒有停歇的意思。我的臉差不多都快腫起來了。

不不不，我也想過很多次要阻止他們喔。

只是他們畢竟是狗狗。

「喂喂，已經夠了啦。」

「「汪嗚～嗚嗚～」」

「……只能再一下下喔。」

「「汪♪」」

沒辦法，他們都發出那麼可憐的聲音了。

因此我也無從阻止，只能任憑他們高興……

「呀～！」

「你、你們在做什麼啊！」

瞧，其他孩子也過來了。

這裡可是布萊特大家庭的院子喔。

處在哪裡都有人在的環境，不如說，真虧他們還能堅持這種狀態這麼久。

「是克露米亞和哥哥！」

「怎麼好像纏綿在一起的樣子！」

「喂喂喂喂。」

是從哪裡學到那個單字的啊！

「莉拉也要！莉拉也要！」

「好痛好痛。妳那行為很平常可是很痛。」

這次是最年幼的孩子莉拉朵啊。

為什麼要咬我啊。莫非是以為我被獵食了嗎？

「喂，克露米亞，快點放手！」

「不～要～！」

「哥哥，你們在做什麼啊？」

「我才想問啊。」

大小孩小小孩全都聚集過來，總覺得事態已經難以收拾了。

尤其是克露米亞。這隻狗狗平時明明都很聽話，不知怎麼，今天卻全力啟動任性撒嬌模式。

果然這傢伙也中招了嗎？

像薰或法蘭莎那樣，出現了奇怪的傾向……

「這究竟是怎麼回事？」

「露朵絲小姐！」

聽見騷動聲，院長從孤兒院深處跑了過來。

她明顯露出困惑的表情，面向我和克露米亞。

「貴大先生，這是發生了什麼事？」

「沒什麼，只是克露米亞的樣子有點奇怪。」

「看起來……是呢。」

克露米亞基本上是親人的孩子，抱緊人撒嬌也是日常瑣事。

然而現在這樣很奇怪。明顯奇怪到不行。露朵絲小姐似乎也感受到這股異狀，她將手安置到克露米亞頭上，閉上眼睛。

「嗯～……」

是打算使用解析類型的技能嗎？

還是說要默念教會傳頌的神託之類的？

一段時間後，露朵絲小姐睜開眼睛，向我解釋克露米亞的狀況。

「看起來不像是被惡魔或惡靈附身的樣子。只是也不能說算正常，該怎麼說呢……我感覺到強烈的感情。」

「感情？」

「是的。這孩子似乎被這股感情耍得團團轉……」

看來無法找出確切理由。

不過似乎有所對策，露朵絲小姐用手勢切了個十字，向神祈禱。

「【淨空】。」

克露米亞的頭頂浮現出輕飄飄的粉紅色霧靄。

露朵絲小姐用手拂開霧靄，結果克露米亞的身體脫力，失去意識。

「喂、喂喂？」

克露米亞和小金癱軟在我身上。

他們的身體使不出力，手腳也軟趴趴地鬆懈下來。

「沒事的。他們只是睡著了而已。」

「這、這樣啊。」

「但這並不代表已經痊癒了，只是暫時驅散感情而已。」

意思是他們醒來後情況依舊不變嗎？

真是的，這到底是怎樣啊？

「雖然貴大先生都難得來一趟了，今天還是請你先……」

「啊，好的。我就先回去吧。如果又發生剛才的情況就糟了。」

「不好意思。」

露朵絲小姐面帶愧疚，不過就算她沒這麼說，我也有此打算。

又被緊緊抱住的話根本無法工作。

光是被舔人狂魔纏住天就要黑了。

這種狀態下，今天還是先回家比較好。當然不會得到工作酬勞，關於這點，回家再和優米爾好好解釋吧。

「那麼，我就先告辭了。」

「好的。請你下次再過來吧。」

「各種異狀恢復正常後，我會再拜訪。」

我苦笑著低下頭，離開孤兒院。

（可是，到底是怎麼了？）

這幾天，一部分女性對待我的情緒表現該說是露骨，還是……

感情？即使說是感情，那又是什麼原因提高了感情？

「唔唔……嗯？」

一邊思考一邊走在路上，這時我在巷弄的角落看見了認識的人。

是黑貓少女娜蒂雅。娜蒂雅朝我這裡走了過來。

「哦～……不不不。」

究竟是以怎樣的基準使人變得奇怪，我還不清楚。

她雖然還只是個小鬼頭，但向女性搭話感覺會有危險……會嗎？

（對方可是娜蒂雅喔。）

瞧，她甚至沒有把目光轉向我。

表情和平常一樣悠閒，平靜地走在巷弄裡。

果然是貓咪啊。完全一副貓獸人的感覺。她也沒有向我打招呼的跡象，就這麼走過我身邊——

「嗯？」

咻嚕——

擦身而過時，娜蒂雅用身體和尾巴摩擦我。

「怎、怎麼了？」

我一回頭，這隻貓咪頂著與先前毫無差異的姿態，逐漸離我遠去……

咦？剛剛是怎麼回事？

「咦？……咦？」

我檢查身體，沒有任何被怎樣的痕跡。

背後也沒有被黏上「笨——蛋」的紙條。

那麼，剛剛的肢體接觸到底是為了什麼？

「……啊~果然有哪裡不對勁！」

面對這種好像知道答案又好像不明白的煩躁感，我除了叫喊以外別無他法。

—4—

「我今天絕對不出家門！」

「……好的」

「我有事情要調查！絕對不見人！」

「……好的。」

「不管是誰來找我，都別讓對方進來喔。」

「……遵命。」

聽到我的家裡蹲宣言，優米爾坦率地頷首。

畢竟昨天晚上我已經好好向她解釋了。我告訴她一部分的女孩子情況詭異，因此我要極力避免與其接觸。

「……可是，主人。是不是您擔心過頭了呢？」

「不，那是因為妳只看過薰那副模樣，才會這麼說。」

「……我聽說男人受歡迎的話會很高興。」

「那也是有限度的。而且，哪裡不對勁啊。」

簡直就像是被施展了【魅惑】技能，卻又好像不是。

假如是異常狀態那還有辦法治療，但看來連露朵絲小姐也束手無策。

「到底是怎樣啊，完全搞不懂……」

「…………」

我在客廳的桌上攤開 @wiki，尋找類似的症狀。

優米爾在我對面，她將乾燥的藥草與貝殼等材料，咚咚咚地搗碎成粉末。

她在製作除蟲用的室內香氛。

看來是道具店委託她的商品。

今天我們彼此都當個家裡蹲吧……

（不行不行。分心了。）

我可沒有空閒思考其他瑣事，必須盡快找出原因才行！

「唔～……」

「…………」

之後我們誰也沒有開口說話，一人翻翻書頁，另一人搗碎材料，持續工作。

最近盡是發生騷動，這樣的時間相當珍貴。對象是優米爾的話也很愜意，用不著特別找話題與她閒聊。

真是令人感激的寡言女僕。與這個不需特別顧慮的同居人共處，我使用攻破@wiki 的氣勢閱讀……

喀啦～

「嗯？」

好像有人到事務所那裡了。是工作上的委託嗎？

「……我去應門。」

「麻煩妳了。」

優米爾放下研磨缽，立即站起身。

今天我可是謝絕會面之人。就算客人造訪，我也沒打算去店裡露臉。

儘管感覺好像一如往常，總之，說不露臉就不會露臉。

我就一直待在這裡調查吧……

咚咚。

「嗯啊？」

這次是玄關傳來了敲門聲。

是誰啊？又是薰嗎？

不，可是如果是薰的話，她應該會先出聲吧？就算是法蘭莎也會這麼做，克露米亞的話也會汪汪地叫幾聲才對。

那會是誰？只是附近鄰居嗎？

咚咚。

（優米爾能去應門嗎……好像沒辦法。）

客人才剛來不久，看來她無法對應。

說是這麼說，也不能讓因私事造訪的客人一直乾等……

「好吧！」

我下定決心前去應門。

要是有什麼可疑跡象，逃跑就行了吧。

嗯，沒錯。就這麼做。

「請問是哪位啊～？」

等等，咦？

「你、你好啊。」

還真稀奇。艾露緹竟然從玄關拜訪了。

從之前的迷宮事件以來她就沒有任何消息，我還想說出了什麼事……

「什麼啊，原來是妳。怎麼了？有什麼事嗎？」

「啊、啊啊……就是……這、這個！」

艾露緹的表情緊繃，唐突地把提籃塞過來。

等等，這是怎樣啦。妳是在發動反射攻擊喔。

「做什麼啊？」

「這、這是謝禮。」

「謝禮？用不著特別給我啦。」

莎莉耶也是，她也是，真是有禮貌的孩子們。

我明明說過好多次別在意了，卻還是像這樣把禮物帶來。

「那怎麼行！有恩報恩才算冒險者。你曾經也是冒險者，一定懂這個道理吧？什麼都用不著說，好好收下吧！」

「如果是這樣的話……謝謝妳。」

「喔……喔！」

我從艾露緹手中接過沉甸甸的提籃。

這是什麼？裡面放了些什麼啊？

「喔喔～……這三明治看起來還真豪邁。」

掀開蓋在上頭的布，可以看見塞滿配料的三明治。

總計四個三明治。原來如此，怪不得很有重量。

「這是冒險者三明治。光是吃一個，就可以湧現出源源不絕的力量喔。」

「這就是傳聞中的冒險者三明治？哇～原來長這樣啊。」

「很厲害對吧？」

最一開始的忸怩語塞不知去哪兒了，艾露緹驕傲地挺起胸膛。

嗯，看來這傢伙沒有變得奇怪。這樣的話，與她進行一般對話應該也沒問題。

（可是……）

原來如此，這就是冒險者三明治啊。

多多少少造成了話題，我一直很好奇是怎樣的食物。

其中最常被提到的，就是既美味又能填飽肚子，更是庫林格的妻子（美人）親手製作，據說也有相當多人是看準三明治才加入「史卡雷特」。

艾露緹會特地將三明治帶來給我，想必是要聊表謝意。

我感激地收下，就讓我好好享用這傳聞中的有名料理吧。

「謝謝妳啊。也替我向妳媽媽道謝。」

「咦？為什麼？」

「因為，這不是妳媽媽做的嗎？」

「不對……沒錯。」

「啥？」

「是、是啊，沒錯。是我媽做的。」

果然是這樣。要是她說其實是她老爸做的，我真的會嚇得發抖啊。

畢竟庫林格那傢伙，看起來就是會直接把魔物的肉烤來吃。那種野人做的料理，吃下去感覺會吃壞肚子。

「那、那麼，就這樣。我要回去了。」

她真的只是來送禮的啊。

嗯～看來這傢伙沒有變得異常。

若是這樣，好吧，而且給我東西後就讓她離開也不太好……

「啊，等等。差不多也中午了，妳還沒吃午餐對吧？一起吃吧。」

「啥？為、為什麼？」

「偶爾一起吃也不錯嘛。好了，進屋裡吧。」

「不，等等，所以我說為什麼……？」

待在玄關裡的我招呼艾露緹進來。

但是總覺得她反應很遲鈍啊。平常明明是個毫無顧慮的人。

「只有我和優米兩個人，沒辦法吃完啦。」

「不，可是，你是那個吧？感覺你很會吃。」

「就算等級很高，胃容量也不會有所改變啦。別囉嗦了，好啦，快進來。」

「咦咦咦～～……？」

如此這般，我使勁地將艾露緹推進玄關裡。

我是不是有點太強硬了？可是好久沒有像這樣和正常的人對談了，我挺高興的。

「那麼，我開動了～」

「……我開動了。」

「我、我開動了。」

雙手合掌，開口說著我開動了。

看著我和優米爾，艾露緹也有樣學樣照做。

好了，終於要面對傳說中的冒險者三明治了。我試著將三明治從提籃放到桌上的餐盤，裡頭夾著豐富到誇張的配料。

「喔喔……重新仔細一看，真的很有魄力。」

「……您說得對。」

換個角度瞧，三明治巨大到幾乎看不見坐在我正對面的優米爾的臉。

切片的圓麵包裡夾滿幾乎要爆出來的培根、起司、番茄與洋蔥。分量之大，若是不用鐵串從上面刺住固定的話，感覺就會輕易崩盤。

「哈哈哈……這是要怎麼吃啊。」

總之，先壓緊三明治，會比較方便入口吧……

不行，醬汁濺出來了。

要不然就直接……沒辦法放進嘴裡。

到底該怎麼辦才好啦。這下我也只能苦笑了啊。

「唔唔~……啊啊，思考不如展開行動！」

總之先從有辦法吃的地方開始吃吧。

雖然看起來很醜，但先將三明治擠壓到可以入口的大小，再強硬塞進嘴裡！

醬料滴下來也別在意！總會有辦法的！

「哈咕！唔唔唔。」

我勉勉強強將食物塞滿臉頰。

嗯，能夠好好地一起吃下麵包、肉類和蔬菜了。

不一起吃下肚的話就沒有三明治的意義了。唯有像這樣一起吃進嘴裡，才可以品嚐到真正的味道嘎嘎嘎啊啊啊啊啊啊啊啊啊啊！

「咳呼！咕呼！嗯嗯嗯～～～！」

好甜好辣好酸！

不對，好苦！難以形容的滋味化作火花在口中散發。

「……請用水。」

「嗯嗯！咕嚕咕嚕咕嚕……噗哈！啊啊～～！」

眼冒金星了。我自認至今為止吃過各式各樣的食物，但原來世界還很遼闊。真沒想到身邊竟然會存在著這種食物……

「妳的母親真的很厲害耶……根本就是差點要被食物殺掉了啊。」

「史卡雷特」的成員們深愛著這種苦難……

不，再怎樣也該有個限度可言吧。到底是怎樣的被虐狂啊？

「抱、抱歉。」

「啊啊？為什麼是妳道歉啊？做這三明治的是妳的母親吧？」

「不、不是的，那個……抱歉。」

她到底為什麼要道歉啊？

假如這是傳聞中的冒險者三明治，艾露緹也會覺得美味才對。

看，她不是都泛出眼淚，一口接一口地吃著了嗎？

「嗚嗚，唔。」

一定是我們還沒習慣的緣故，瞧，雖然優米爾的面色一下青一下紅，但三明治想必是美味的。

為了理解這點，我再次大口咬下冒險者三明治。

「喝咕！呼！咕唔唔唔！」

果然很難吃！難吃到不行！

不、不對，但是，外國人好像也無法理解生雞蛋拌飯的美好啊。

這就是所謂的文化差異吧，嗯嗯。再怎麼難吃，我都不能糟蹋人家難得的好意。

（可是……）

「唔唔唔唔……！」

「喔唔！咳喝！」

「……！……？」

這東西果然很難吃吧？

看著好似演變成忍耐大賽的餐桌，我如此心想。

—5—

薰、法蘭莎、克露米亞、艾露緹……

這群人全都變得異常。

薰變得比平時更喜好照顧人，法蘭莎格外頻繁地招呼我去她家宅邸，克露米亞像是毒癮發作般舔我的臉，甚至是我本以為沒出狀況的艾露緹，也復發了跟蹤狂行徑。

就算我躲在家裡，那群傢伙也會殺過來。

窗外有艾露緹與法蘭莎的身姿，不知何方聽見了狗的嗚叫……

我差不多該認真思考對策了。

現今的走向加劇進行的話，我的日常生活想必會變調。

不，還是說已經太遲了？畢竟……

「貴大～？貴大，你在對吧～？」

「老師～？我來邀請您喝下午茶了喔～」

「汪嗚……汪！汪汪！」

「我帶冒險者三明治來嘍～！這次沒問題的！……大概。」

咚咚咚咚！

喀啦～！喀啦喀啦喀啦喀～啦！

我打開二樓窗戶，把手鏡探出去，悄悄窺視鏡中反射的景象，結果看到少女們狂敲亂打著大門。門鈴響個不停，呼喚我的聲音絲毫沒打算停止。大白天的住宅街裡竟然做出這種行為……好詭異。怎麼看都很詭異！

說實話，我害怕到不行。在那群人面前現身的話我根本不知道會有何下場。骨頭……不，感覺連骨頭也不會剩。

「……主人，請問發生什麼事了？」

回頭一看，同居人優米爾正站在入口。

這傢伙是唯一的正常人。不會像那群人一樣襲擊過來，也不會像感染熱病那樣滿臉通紅。她那彷彿寒冰般冷淡，又似能面面具般毫無動靜的臉色，如今是多麼可靠。

「抱、抱歉。麻煩妳想點辦法，盡可能拖住她們！」

「……好的。」

「我去找解藥的材料。再怎麼嚴重，喝下萬靈藥的話總會恢復原狀吧！所以，就麻煩妳爭取時間了！」

「……遵命。」

我背對向我低下頭的優米爾，做出門的準備。

既然這樣的話我就拿出真本事！使用可以潛入王城的裝備來逃出家裡吧！

「隱型披風！」

這是只要披上兜帽，就能變得透明的外套。

「透明人的繃帶！」

這是拿來包裹手腳的繃帶。可以提高隱密系技能的效果。

「無聲之靴！」

物如其名，可以消除裝備者的腳步聲。

「隱形室內香！」

連狗的鼻子都能蒙混過去的消臭劑！

「干擾套裝！」

接著是這個，可以阻礙探索系技能的服裝。

只要有這些裝備就沒有人能夠發現我了。與斥侯職種的技能一同運用，神明或魔王也能矇騙過去。

坦白說，我真沒想過會需要用到這麼動真格的裝備……

無妨。首先前往魔之山，接下來再到精靈之森採取藥草！

「那我要出門了喔。剩下的就拜託妳了，千萬要小心。」

「……好的，請交給我。」

「那麼，我走了。」

「……路上小心。」

戴上兜帽，化為透明狀態的我跳下窗戶。

就這樣開始奔跑，像是遠離住家般穿越巷弄。

（……很好。）

看來沒有被任何人察覺。

艾露緹的跟蹤技術與克露米亞的嗅覺、法蘭莎家裡的人力也不容小覷啊。也不能小看薰，她的直覺相當敏銳。

因此我也全力以赴，直到脫離城鎮為止都不敢大意……

彈彈～

「哎呀♪」

「唔！」

太大意了！好像撞到了什麼又軟又圓的東西！

撞擊衝力使斗篷鬆脫，袒露出我的身姿。

不妙。看來撞到了一個女人。聞到輕柔的花香味，我立刻低下頭來。

「不、不好意思。」

「如果是小貴的話，沒關係啦。」

「什麼……？等……唔啊啊啊！伊、伊貝塔小姐！」

「是的～我是伊貝塔小姐～♪」

眼前站著一個淫魔，提著籃子，看來是剛購物完回來。

長長的黑髮、親和的笑容，以及讓毛衣隆起彎曲的胸部……

剛才我就是撞到這對雙胞胎山峰的嗎……重點不在那裡！

「瞧你慌慌張張的，要去哪裡呢？」

「那個啊。」

「現在去花街還太早嘍。」

「不、不是的！」

外觀看來像是年輕的夫人，這個人卻是不折不扣的魅魔。

嘴裡盡是吐出色情話，也會臉不紅氣不喘地對人性騷擾，說來這本來就是她的工作……

因此我才最不想遇見她這個人。

周遭人們都出現異狀的節骨眼下，我最不想碰上的就是她！

這個人的腦袋裡原本就像是開滿了粉紅色花田，如果她也變得奇怪的話……沒錯，她想必會使用超乎想像的手法奪走我珍貴的東西。

「哎呀？哎呀哎呀呀？」

咿咿！她的雙眼好像發出光芒，在我身邊開始繞圈圈了！

不知道為什麼拚命吸著鼻子。她在嗅些什麼？

我的精氣之類的嗎？怪不得每次遇到這個人就感到莫名疲倦。

「小貴，你有很香的味道呢。」

「是的！……咦、咦？味道？」

香味？什麼東西？我可沒有特別使用香水喔。

「啊，該不會是這個？」

我從胸口拿出隱形室內香。

雖說是消臭劑，這也散發出類似薰衣草的香味。

「不，不對。不是這個……」

咦咦？不是？

伊貝塔小姐將臉貼近我的鎖骨……

「果然。小貴，這是媚藥類的香味對吧？你散發出很奇怪的費洛蒙喔。」

「媚藥？」

咦？我、我可不記得吃過那種東西啊！

既沒有印象，我也不認為自己有接觸這種東西的機會。

伊貝塔小姐卻展現確信般的神情，徐徐露出妖媚的微笑，像是擠壓豐腴的胸部般纏住我的手臂。

「這、這次又是怎樣！」

我不禁想甩開她的手，但伊貝塔小姐身上散發出薔薇般的香氣卻讓我難以動作。

「我跟你說喔，媚藥對淫魔不管用喲。」

「咦？」

依她所說，看來至少能避免最壞的情況。假若伊貝塔小姐也產生異狀，則會導致一發不可收拾的危機。能夠避免這點，暫時能夠安心……不不不，這個淫魔抓著我的手臂，是要把我帶去哪裡！

「妳要帶我到哪裡去？」

我朝強硬拖走我的伊貝塔小姐出聲。

接著她的兩眼發出燦爛光芒，一面用舌頭舔著嘴角回答我。

「既然你使用了媚藥，就代表有那個意思吧？」

「咦咦？」

「來，到姊姊家裡來吧？」

我一瞧，她身上出現了淫魔特有的蝙蝠般的翅膀以及充滿起伏的尾巴。

眼眸染成紅色，能從嘴角一端瞥見虎牙。

這、這個淫魔，都到這種節骨眼還給我發情！

「不、不用了！妳搞錯了！我沒有這個意思啊！」

這次我真的用力甩開她，遭到緊緊糾纏的手臂卻沒有獲得解放的跡象。

「我不會弄痛你的！一點也不可怕……不可怕喲。好嗎？女孩子的身體一點也不可怕喲。倒不如說，非常舒服喔！就讓我來好好教導你！」

「所以我說重點不在那裡啦——！」

淫魔的喘息急促，更加逼近我。

「妳、妳這個！給我差不多一點！」

喀咚！

不行，我已經沒辦法手下留情了。

我朝襲擊而來的淫魔的頭頂，施以一計鐵拳。

「嗚嗚～……」

而後，伊貝塔小姐兩眼旋轉，軟綿綿地癱倒在一旁。

淫魔退散了……我的貞操守住了……

等等，究竟為什麼會演變成這種地步啊……

「嗯？話說回來，她剛剛說了奇怪的話啊。」

媚藥怎樣怎樣的……真是夠了，她搞錯了什麼啊。

我明明根本沒吃過那種東西。

（可是，還真懷念。）

在「Another World Online」時也有發生過這樣的情況。

情人節活動時會得到一種藥，只要吃下，就會被異性ＮＰＣ說出「我愛你！」然後被追

著跑的「讓對方愛上自己的藥物」。

吃下藥後由於受歡迎到離譜的境界，ＮＰＣ的行為變得越來越激進，這個藥物最終演變成破天荒的搞笑道具就是了……

（……等等喔？跟這次的騷動不是很像嗎？）

無論哪個傢伙都出現了過剩的愛情表現。

這和那場活動有共通點。

假如是這樣，這次的事件也和那個讓對方愛上自己的藥物有關聯……？

（但是，有可能摻入藥物的食物或飲料，我不記得有吃……）

……不，有吃過。

我不記得有讓人吃下媚藥，但確實有別人讓我吃下讓對方愛上自己的藥物的印象。

約莫一星期前，埃爾邀請我喝了下午茶與吃點心。

該不會那就是原因所在？

「很可疑。」

非追問她不可。

我如此心想，變更行進方向，朝上級區的王立圖書館邁進。

「喂，埃爾！妳在嗎？埃爾！」

王立圖書館地下，我猛力敲擊禁止進入區域裡頭的門扉。

可以看見房間裡頭傳出燈光，卻沒人出來應門。

「喂，我知道妳在裡面！」

利用【雷達】進行確認，我知道房間裡有人。

這裡可是埃爾專屬的區域。在房裡的除了她以外別無他人。

「我要開門嘍～！」

多少有些強硬，我使用【開鎖】強制性解開門鎖。

目前的當務之急是追問埃爾。我可沒有閒功夫在意其他瑣事。

「喂，埃爾？哦，妳果然在這裡嘛。」

打開門走進去，房間的主人果然在裡頭。

埃爾背對我，坐在椅子上埋頭閱讀著什麼。

「埃爾，我有事情想問妳……我說，埃爾？」

向她搭話也沒反應。

何止如此，我繞到她身旁一瞧，她卻冷淡地把身體扭向另一邊。這是什麼反應啊。

「看我啦。聽我說話。」

無可奈何，我只好按住埃爾的肩膀固定住她。

這樣就可以和她說話了吧……等等，為什麼用盡全力把臉撇開啊。

而且眼角還浮現出淚水。她是怎樣？

「嗚嗚嗚……」

眼睛濕潤，臉頰潮紅，這個精靈小姐顫巍巍地發抖。

維持這個狀態好一段時間，她終於無法忍受地大吼大叫。

「你現在才過來做什麼！整整一星期，你明明連用【呼叫】傳訊息給我都沒有！」

「啥？」

「反正我對你而言，就是個可有可無的存在嘛！」

「不，我說那個……」

「我不想聽你解釋！敷衍了事地安慰我，之後只會讓我認為自己很悲慘而已。你總是像這樣擾亂我的心情……」

「那個……」

「可是，一方面我卻也因為你來找我而感到高興……我真是個笨蛋。明明清楚自己正被耍著玩，卻還是想依靠僅存的一絲希望。」

「…………」

「只要這一瞬間就好……可不可以安慰我這被寂寥支配的心靈呢……來吧，用力抱緊我吧……」

「……【雷電・伏特】。」

「滋啊啊啊啊啊啊啊啪啪啊啪啪啪啪啪啪啪啪啪啪！」

對於變得奇怪的精靈小姐，我給予她輕量的電流。

這種廉價愛情肥皂劇般的展開是怎樣？我本來就覺得好可疑好可疑，到了如今，總算篤定了。

「妳這傢伙，對我下了奇怪的藥對吧？」

「唔唔！」

「果然沒錯……妳這混蛋精靈。」

「對不起嘛——對不起嘛——！我輸給好奇心了！是好奇心的錯啦——！」

我粗略尋找一下，立刻翻找到有問題的資料。

果然是那場活動的道具。能夠持續提昇ＮＰＣ的好感度，最後讓ＮＰＣ說出「擁抱我吧——！」後一擁而上的，讓對方愛上自己的藥物。

薰她們的症狀正來到岌岌可危的地步。埃爾也是因為藥物影響而變得奇怪的吧。

所幸，藥效只會持續一星期，只要撐過今天總會有辦法……真是夠了，只有這個精靈，

到底要怎麼賠我啊。

「我啊，一直以為精靈應該是更聰明的種族才對。」

「對、對不起嘛……好、好了，可以幫我把繩子解開了吧？」

埃爾被我綁成一捆，倒在路邊。

她失控胡鬧或是亂動都會對我造成困擾。綁住她，也代表是對她的懲罰。

「啊啊，你為什麼打算離開？至、至少也看我一眼嘛！」

我想問的話已經問完了。留在這裡沒有意義。在這個讓對方愛上自己的藥物失效以前，我還是快點回家裡蹲著吧。

「不、不要離開啦！快點回來幫我把繩子解開！啊、啊——！」

磅。

我丟下在地板上蠕動的埃爾，毫無慈悲心地關上門。

總覺得莫名疲累。快點回家吃飯睡覺吧。

從後方可以聽見呼喚我名字的聲音……隨便，船到橋頭自然直。

希望她可以就此學乖，不，恐怕還是學不乖，但至少能讓她嚐到一點苦頭吧。

我一面心想，俐落地撕毀讓對方愛上自己藥物的相關資料。

—6—

「ｚｚｚ……」

用完晚餐後，貴大不小心睡著了。

想必是累了吧。他坐在搖椅上緩緩搖晃，在暖爐前發出鼾息。

見此狀，優米爾輕輕呼喚他。

「……主人。」

夜晚寒冷依舊。即使暖爐裡的柴火仍在燃燒，睡在這裡說不定會感冒。

優米爾擔心貴大，輕輕搖晃他的肩膀——

「唔嗯嗯。」

貴大像是孩童般鬧彆扭時，她忽地停下手。

不禁就這麼看他的臉龐看入迷了。不知不覺心跳加速，變得難以呼吸。

（這是那個藥的錯。是主人喝下的，讓對方愛上他的藥的錯。）

貴大從圖書館回來後，告訴她了事情的始末。

他遭埃爾下藥，異性因此都受到他的吸引。女性們的心靈會無法自拔地紛亂，產生異狀。

貴大原本以為優米爾也會受到影響，卻安然無恙。

事實上藥物也對她產生了效果。若非如此，她也不會有現在這種心境。

「……主人。」

她慌張地放下伸出一半的手。

糟了。她不行這麼做。

她對貴大抱持著珍重之心。他將自己帶來這個家。照顧對世事一無所知的自己。他們一同生活，一同經營萬事通。只要想起這些回憶，心靈就會感到溫暖。

這或許就是世間一般所說的「喜歡」也不一定。

也有可能是如幼犬謀求親情般，與好感相異的情感。

即使如此，她仍感到溫暖。是足以填滿心靈般的情感。

她不能任由心中某種荒蠻激昂的情緒支配身體，以免毀掉這種情感。

（我必須忍耐才行……）

她希望自己能以最為純粹的狀態面對貴大。

因此才會飾演一如往常的自己。

與平日相同，始終如一的自己——

「……主人，要睡覺的話請回自己房間睡。」

「唔唔……今天就這樣沒關係啦……好麻煩……」

她心中有一部分想乾脆聽從對方的任性。

然而，那就不是優米爾了。平時的優米爾一定會——

「……嘿咻。」

捉住搖椅的椅背，盡全力讓椅背往前傾倒。

然後，貴大一舉摔跌下來，這次他終於完全清醒了。

「嘎噗！妳、妳做什麼啊！」

「……請回房間好好休息。」

她再次向貴大說明自己為何希望他回房去。

因為她不希望他感冒，坐在這裡打盹也無法完全褪去疲勞。

優米爾不將感情彰顯於臉上，淡淡地告知貴大。

「是是是，我知道了啦……」

「……您明白就好。」

「真是的，妳真的一點也沒變耶。」

（一點也沒變。）

這樣就夠了。保持平時的自己就好。

「那我要去睡覺了。晚安。」

「……晚安。」

她向前往寢室的貴大低下頭。

這下總算可以著手其他事物了。澆熄暖爐的爐火、準備早餐的材料、確認明天的工作行程，女僕可是相當忙碌的。

因此，優米爾打算立即動身——

「……一下下就好。」

沒錯，一下下就好。只要一下下，她坐在貴大愛用的搖椅上。

椅子上還殘留著他的餘溫，她搖晃椅子時，總覺得稍微與貴大拉近了距離。

「……再一下下。」

這股情感太令人舒心，優米爾似乎難以抽身。

柴火熊熊燃燒，她坐著的椅子傳來微弱的搖晃聲響。夜晚時間靜靜流逝，白晝的喧囂已不知何處去。

（明天也和主人一起工作吧。）

安穩的氣息流淌在起居室，優米爾一面心想著再一下下、再一下下，坐在搖椅上，緩緩搖盪著。

尾聲

讓他人愛上自己的藥物騷動結束後，又過了一段時間。

時節來到二月下旬，受到藥物影響的人們已恢復原狀。

儘管在那之後又引起了莫大風波——

不過，那又是另一段故事了。

最重要的是貴大恢復了習以為常的日常生活，也因如此，他仍舊被忙碌工作耍得心力交瘁。

「這、這樣一來，上午的配送委託就結束了……」

貴大搖搖晃晃地回到「自由人生」。

他將配送用的包包放到桌底下，斜視了事務所裡的優米爾一眼。

「對吧？配送委託已經結束了。」

「……是的。告一段落了。」

「太好了！」

這個季節要說什麼最辛苦，就是外出奔波最辛苦。

寒冷的天空之下，在北風颯颯吹拂的街道中步行。若是邊走邊品嚐美食的話心情倒還不錯，可惜他做的卻是麻煩的送貨工作。

今天，貴大也四處奔波，顫抖著手將信件與貨物配送到各個地方。

「接下來只有內勤工作了對吧~輕鬆、輕鬆。」

貴大用魔石暖爐取暖，一面搓著雙手。

整理文書與計算費用，這種分類作業說麻煩是很麻煩沒錯——

但遠比在冬天外出工作好多了。

在暖和的室內裡喝著咖啡歐蕾度過。

貴大認為這才冬天該做的工作。

「然後呢？有追加的委託嗎？」

「……有的。道具店那裡有幾件委託。」

「可惡。這世上果然不可能事事如意。」

「……主人？」

「是是是。我知道了啦。」

被工作魔鬼盯著瞧，貴大安分地坐上座位。

距離午餐還有段時間。在這之前多少先著手一下工作吧，貴大朝帳簿伸出手——

「……嗯？」

有客人。有客人拜訪了。

這種寒冷天氣裡，竟然特地登門店鋪。

「真的假的啊……」

貴大一邊嘆氣，即使如此仍從座位上站起來。

心情疲累就是疲累。感到麻煩就是麻煩。

然而現在是獲得週休二日制後不久，他得老實地工作整整五天。

他握住事務所的門把，迎接到來的客人。

「你好，歡迎光臨～」

貴大發出散漫的招呼聲。

優米爾的視線也稍嫌冰冷。

儘管如此，受到此態度對待的客人，反而更加喜悅——

「…………咦？」

貴大瞧見對方的面容，不禁停下動作。

「嗨，好久不見。」

端正的五官，精實的身體。

腰間掛把長劍的年輕劍士摘下兜帽，對貴大說道：

「怎麼啦？露出那種表情。」

青年表現出感到有趣的微笑，向貴大搭話。

或許是想要讓貴大吃驚，他的神情上浮現出這種意圖。

看著帶有淘氣態度的青年，貴大發出感慨至極的聲音——

「小蓮……？」

「是啊。」

青年點點頭。

他的名字是倉本蓮次。

是貴大的兒時玩伴——也是與他一同來到異世界的同伴。

後記

《自由人生》終於也來到第三集了。

出現仿造學校的迷宮、舊友前來拜訪，總覺得故事終於有了進展。確實也如此，下集將是網路版的第一部終章。從第一集開始悠悠哉哉進行的故事，將會在下集告一段落。

接著，第五集開始將會迎接新的展開——

不過那也是很久以後的事了。話雖如此，還是敬請期待。

那麼，換個話題——《自由人生》漫畫化了呢！

將會刊載在《月刊少年 Ace》上，由森あいり老師負責作畫。原作雖然是我沒錯，但我非常非常期待能拜見漫畫版本！

森あいり老師筆下的貴大與優米爾，與かにビーム老師又有不同魅力。加上其他角色們所交織而成的故事，還請各位讀者務必親眼見證。

那麼，下次就讓我們在第四集相見吧。在此失陪。

気がつけば毛玉

國家圖書館出版品預行編目資料

自由人生：異世界萬事通奮鬥記 / 気がつけば毛玉作；嚮生譯. -- 初版. -- 臺北市：臺灣角川, 2019.03-

冊； 公分

譯自：フリーライフ：異世界何でも屋奮闘記

ISBN 978-957-564-815-2(第1冊：平裝). --

ISBN 978-957-564-996-8(第2冊：平裝). --

ISBN 978-957-743-449-4(第3冊：平裝)

861.57 108000476

Kadokawa
Fantastic
Novels

自由人生～異世界萬事通奮鬥記～ 3

（原著名：フリーライフ～異世界何でも屋奮闘記～3）

2019年12月18日　初版第1刷發行

作　者：気がつけば毛玉
插　畫：かにビーム
譯　者：響生

發行人：岩崎剛人
總經理：楊淑媄
資深總監：許嘉鴻
總編輯：蔡佩芬
編　輯：黃怡珮
美術設計：胡芳銘
印　務：李明修（主任）、張加恩（主任）、張凱棋

發行所：台灣角川股份有限公司
地　址：105台北市光復北路11巷44號5樓
電　話：（02）2747-2433
傳　真：（02）2747-2558
網　址：http://www.kadokawa.com.tw
劃撥帳戶：台灣角川股份有限公司
劃撥帳號：19487412
法律顧問：有澤法律事務所
製　版：巨茂科技印刷有限公司
ＩＳＢＮ：978-957-743-449-4